ANTIGONE, OV LA PIETE',

TRAGEDIE DE ROB. GARNIER CONSEILLER du Roy, & de Monſeigneur frere vnique de ſa Maieſté, Lieutenant general Criminel au ſiege Preſidial & Senechauſſee du Mayne.

A PARIS,
Par Mamert Patiſſon Imprimeur du Roy, au logis de Robert Eſtienne.

M. D. LXXX.

AVEC PRIVILEGE.

A MONSEIGNEVR BRISSON, CONSEILLER du Roy en ſon Conſeil priué, & Preſident en ſa Cour de Parlement.

IL me ſouuient, Mõſeigneur, que lors que la genereuſe liberalité de noſtre bon Roy (nõ iamais aſſouuy d'illuſtrer les belles & admirables vertus de ſes ſujets) euſt honoré la docte preudhõmie de monſeigneur de Pibrac, merueille de ce temps, de la ſouueraine dignité de Preſident à la Cour, les Muſes me meirent à propos l'vn de mes Tragiques ouurages en main, pour teſtifier en mon eſgard la publique alaigreſſe que la France auoit de ſon aduancement en honneur. Et ores, que la meſme debonnaireté de noſtre meſme Roy a voulu decorer voſtre ſemblable vertu d'vne mesme dignité, en ceste mesme Cour, les mesmes Tragiques Muses me viennent tirer des mains cest ouurage de mesme stile & façon : pour, vous le presentant, demonstrer que ie ne veux estre seul ne communiquant à l'vniuersel conjouissement de ce Royaume, pour le nouuel ornement de vos merites. Et qui est le François, ie vous prye, chez lequel n'ait penetré la celebrité de vostre nom? qui n'ait l'oreille repeue & trauersee du son de vos louanges? & qui ne soit tiré en vne merueillable admiration, de voir les astres & les hommes ainsi conspirer à l'embellissement d'vn si digne subiect? En bonne foy ie ne puis dire nostre âge (bien que miserable) estre vn siecle de fer, ce pendant que ie verray la vertu ainsi esclater au pourpre de Senateurs, sur le throne de la supreme iustice de ce Royaume, telle que nous la voyons reluire en la droicte equité de ces six reuerables peres, qui tiennent en ce sainct Areopage le premier rang d'authorité: & ausquels la regretable saison de nos ancestres ne se peut vãter d'auoir rien produict de pareil. Pour le moins deuons nous esperer de nostre bon Prince, comme d'vn second Auguste, le retour d'vn ſiecle d'or, tandis que tels Pilotes maniront, ſous le bon heur qui l'accompagne, le gouuernail de ſa Iuſtice. Mais ie m'eſgare, Monſeigneur, & ſans y penſer, pouſsé de l'impetuoſité de mon deſir, ie me viens embarquer ſur la mer de vos louanges: & au lieu de vous preſenter vne Tragedie, ie ſemble vouloir entrer en vn Panegyric. Ie me radreſſeray donc, pour vous entretenir des infortunes de ceſte pitoyable Antigone, qui reuiuant en noſtre France, ſe vient, comme eſperdue, ietter entre vos bras, pour luy eſtre auſſi fauorable ſupport, qu'elle fut debonnairement le ſouſtien & cõduitte de ſon miſerable Pere.

Voſtre treſaffectionné ſeruiteur
R. GARNIER.

ã.iij.

ARGVMENT D'ANTIGONE.

CHacun ſçait, comme Edipe fils de Laye Roy de Thebes & d'Iocaſte ſa femme, fut expoſé à mort ſur le mont Cithéron, auſſi toſt qu'il fut né, pour auoir eſté predict au Roy qu'il ſeroit vn iour par luy occis : & que Phorbas paſteur de Polybe Roy de Corinthe, qui paſſoit d'auanture, le voyāt pendu à vn arbre les iambes trauerſees d'vn oſier, & le trouuāt bel enfant à ſon gré, le porta à la Royne ſa maiſtreſſe, qui n'en auoit aucuns, laquelle le nourrit & eleua cōme ſien. Et que deuenu grand, ayāt ſur la verité de ſon origine conſulté l'oracle d'Apollon, luy fut dict, qu'il trouueroit ſon pere prez de Thebes, où s'eſtāt acheminé il eut fortuitement querelle auec les gens du Roy, qu'il rencontra en chemin ſans le cognoiſtre : lequel accouru au ſecours des ſiens, fut par luy occis en la meſlee. Que depuis eſtant retourné à Thebes, & l'ayāt deliuree des moleſties du Sphinx, il eſpouſa la Royne Iocaſte ſa mere, & eut d'elle quatre enfans, Eteocle, Polynice, Antigone, & Iſmene. Que quelque temps apres, la ville eſtant mortellement infectee d'vne longue & irremediable peſte, il entendit de l'oracle, que la contagion ne ceſſeroit que la mort du defunct Roy ne fuſt vengee. Ce qui fut cauſe, que ſ'eſtant plus exactemēt informé du temps, du lieu & de la façon de ce meurtre, il decouurit que c'eſtoit luymeſmes qui l'auoit perpetré, & qu'il auoit commis inceſte auec ſa mere : Et qu'ayant horreur de telles execrations, il ſ'arracha les yeux de ſes propres mains, quitta la ville, & alla faire penitence ſur les rochers de Cithéron, paſſant ſes miſerables iours en lamentations & regrets auec Antigone, qui ne le voulut abandonner. Or ce pendant Eteocle & Polynice ſes fils entrez en different pour le droit du Royaume, conuindrent & accorderent en fin, de regner ſucceſſiuement d'an en an. Suiuant lequel accord, Eteocle ayant comme aiſné, commencé ſa charge, ſ'y trouua ſi bien que ſon temps expiré il ne voulut laiſſer priſe & ſe demettre du gouuernement pour receuoir vn ſucceſſeur. Dequoy Polynice iuſtement indigné, ſe retira vers les Princes de Grece, pour implorer leur aide au recouurement de ſon Royaume. Et entre autres ſ'addreſſa au Roy des Argiens Adraſte, qui l'ayant fait ſon gendre, aſſembla vne forte armee pour le remettre en ſes terres, & en dechaſſer l'vſurpateur. Ils camperent prez les murailles de Thebes, où eſtoit Eteocle, qui miſt toutes ſes forces aux champs: & à l'inſtant ſe donna vne cruelle & ſanglante bataille, où mourut la plus part des deux armees, meſmes les chefs & capitaines. Polynice extremement deſplaiſant de la mort de Tydee ſon beaufrere, de Capanee, Hippomedõ, Amphiaree, & Parthenopee, belliqueux & magnanimes ſeigneurs, fiſt appeller ſon frere Eteocle au combat: auquel ils entrerent ſi furieuſement, à la veue des deux camps, qu'ils demeurerent tous deux morts ſur la place. Dont Iocaſte aduertie, ſe donna d'vn poignard dans le ſein, & mourut. Les Argiens d'autre part voyant celuy mort, pour lequel ils auoyent prins les armes, & ſe ſentans merueilleuſement affoiblis de la perte qu'ils auoyent faitte, leuerent le ſiege, & ſe retirerent honteuſement. Creon frere d'Iocaſte, ſ'eſtant fait Roy, fait enterrer ſes morts, auec defenſe à peine de la vie, d'inhumer les corps des ennemir, & ſur tous celuy de Polynice, motif d'vne ſi funeſte guerre. Et pour l'execution de ſon ordõnance, fait aſſoir des gardes pour ſurprendre les infracteurs d'icelle. Ce nonobſtant, Antigone ſe reſoult d'enſeuelir ſon frere, & de ne le laiſſer manger aux beſtes & oyſeaux: mais comme elle vaquoit à ce pitoyable office, elle eſt priſe & menee à Creon, qui la condamne à mort. Elle eſt deſcendue & encloſe en vne cauerne pour y mourir de faim. Mais elle, ſans attendre vne ſi longue mort, ſ'eſtrangle de ſes liens de teſte. Creon l'auoit fiancee auec Hemon ſon fils, qui l'ayant trouuee morte en cette cauerne, où il eſtoit entré pour l'en tirer, vaincu d'amour & de douleur ſe trauerſe le corps de ſon eſpee, & treſpaſſe ſur celuy de ſa maiſtreſſe. Les nouuelles de ce piteux accident venues aux oreilles de la Royne ſa mere, la ſaiſirent d'vne ſi intolerable douleur, qu'elle se tua sur l'heure. Creon comblé de tristesse pour l'amas de tant de soudains & multipliez desastres, fait de lamentables regrets, qui ferment la catastrophe de ceste Tragedie.

Ce subiet est traitté diuersemẽt, par Eschyle en sa Tragedie intitulee Des sept Capitaines à Thebes, par Sophocle en l'Antigone, par Euripide aux Phenisses, & par Seneque & Stace en leurs Thebaides. La representation en est hors les portes de la ville de Thebes.

LES ENTREPARLEVRS.

Edipe.
Antigone.
Iocaste.
Messager.
Polynice.
Hemon.
Ismene.
Chœur de Thebains.
Creon.
Chœur de Vieillars.
Les gardes du corps de Polynice.
Chœur de filles Thebaines.
Eurydice.
Dorothee.

An-

ANTIGONE, OV LA PIETE', TRAGEDIE.

ACTE I.

Edipe. Antigone.

Edip.

TOY, *qui ton pere aueugle & courbé de vieillesse*
Conduis si constamment, mon soustien, mon addresse,
Antigone ma fille, helas! retire toy,
Laisse moy malheureux souspirer mon esmoy,
Vaguant par ces deserts: laisse moy ie te prie,
Et ne va malheurer de mon malheur ta vie.
Ne consomme ton âge à conduire mes pas,
La fleur de ta ieunesse auec moy n'vse pas,
Retire toy ma fille. Et dequoy me profite,
Me voulant foruoyer, ta fidelle conduite?
Ie ne veux point de guide au chemin que ie suy:
Le chemin que ie cherche est de sortir d'ennuy,

M'arrachant de ce monde, & deliurant la terre
Et le ciel de mon corps, digne de ſon tonnerre.
Pour ne voir plus le ciel aueugler me ſuis peu,
Mais ce n'eſt pas aſſez, car du ciel ie ſuis veu:
Le ciel tout regardant eſt teſmoing de mon crime,
Et ne m'engouffre helas! ſous l'infernal abyſme:
Me ſouffre, abominable, encores aualer
Les ſaueurs de la terre, & le ſerein de l'air.
Retire donc ta main, qui tendrement me ſerre,
Et permets que tout ſeul par ces montagnes i'erre.
I'iray ſur Cithéron, aux longs couſtaux touffus,
Où dés que ie fus né, dés qu'au monde ie fus,
Ma mere m'enuoya, pour dans vn arbre paiſtre
Les corbeaux de ma chair, qui ne faiſoit que naiſtre.
Il me demande encore, il me faut là tirer,
C'eſt luy, c'eſt Cithéron que ie doy deſirer:
C'eſt mon premier ſeiour, ma demeure premiere,
C'eſt la raiſon qu'il ſoit ma retraitte derniere.
Ie veux mourir vieillard, où ie fus deſtiné
De mourir enfançon ſi toſt que ie fus né.
Redonne moy la mort, rends moy la mort cruelle,
La mort qui me ſuiuoit tiré de la mamelle,
O meurtrier Cithéron : tu m'es cruel touſiours
Et mes iours allongeant, & retranchant mes iours.
Pren ce corps qui t'eſt deu, ceſte charoigne mienne,
Execute ſur luy l'ordonnance ancienne.
Las! pourquoy me tiens-tu ? ma fille : & vois-tu pas
Que mon pere m'appelle & m'attire au treſpas?
Comme il ſe monſtre à moy terrible, eſpouuentable?
Comme ſon ombre vain me ſuit inſeparable?
Il me monſtre ſa playe, & le ſang ialliſſant
Contre ma fiere main qui l'alla meurtriſſant.

Ant. Dontez, mon geniteur, ceste doulcur amere.
Ed. Et qui pourroit donter vne telle misere?
Dequoy sert plus mon ame en ce coupable corps?
Que ne sors-tu mon ame ? helas! que tu ne sors
D'vn si mechant manoir ? penses-tu qu'il me reste
Encore vn parricide, & encore vn inceste?
I'en ay peur, i'en ay peur, ma fille laisse moy:
Le crime maternel me fait craindre pour toy.
Ant. Ne me commandez point que ie vous abandonne,
Ie ne vous laisseray pour crainte de personne,
Et rien ne nous pourra separer que la mort:
Ie vous seray compagne en bon & mauuais sort.
Que mes freres germains le Royaume enuahissent,
Et du bien paternel à leur aise iouissent:
Moy mon pere i'auray, ie ne veux autre bien,
Ie leur quitte le reste & n'y demande rien.
Mon seul pere ie veux, il sera mon partage,
Ie ne retiens que luy, c'est mon seul heritage:
Nul ne l'aura de moy, non celuy, dont la main
S'empare iniustement du beau sceptre Thebain:
Non celuy, qui conduit les troupes Argolides:
Non pas si Iupiter de foudres homicides
Les terres escrouloit, & fumant de courroux
Descendoit maintenant pour se mettre entre nous,
Il ne fera pourtant que ceste main vous lasche,
Ie seray vostre guide encor qu'il vous en fasche.
Ne me reiettez point, me voulez-vous priuer
Du bonheur le plus grand qui me puisse arriuer?
S'il vous plaist de grauir sur l'ombrageuse teste
D'vn coustau bocager, me voyla toute preste:
S'il vous plaist vn vallon, vn creux antre obscurci,
L'horreur d'vne forest, me voyla preste aussi:

S'il vous plaist de mourir, & qu'vne mort soudaine
Seule puisse estoufer vostre incurable peine,
Ie mourray comme vous, le nautonnier Charon
Nous passera tous deux les vagues d'Acheron.
Mais ployez, ie vous pry, cet obstiné courage,
Surmontez vostre mal, surmontez vostre rage.
Où est de vostre cœur la generosité?
Voulez-vous succomber sous vne aduersité?
Ed. O la grande vertu! bons Dieux! se peut-il faire
Qu'engendrer i'aye peu fille si debonnaire?
Se peut-il faire helas! qu'vn lict incestueux
Ait peu iamais produire enfant si vertueux?
Desormais ie croiray qu'vne Louue outrageuse
Nourrisse dans ses flancs vne Brebis peureuse:
Que d'vn Pigeon craintif soit vn Aigle naissant,
Et d'vn Cerf lasche-cœur vn Lyon rugissant:
Que la nuict tenebreuse engendre la lumiere,
Et la brune Vesper l'Aurore iournaliere:
Puisque d'vn salle hymen, que nature defend,
De la mere & du fils, peut naistre vn tel enfant.
Laisse moy mon soucy, veux-tu bien que i'endure
Que mon pere soit mort sans venger son iniure?
Pourquoy me serres-tu de ta virgeale main
Ma dextre parricide, & mon bras inhumain,
Taché du mesme sang qui me donna naissance?
Mechante, abominable & pestifere engence!
Ie ne fay qu'allonger la trame de mes maux:
Ie ne vy pas, ie sens les funebres trauaux
D'vn qui tombe au cercueil, mon ame prisonniere
Est close de ce corps, comme vn corps de sa biere.
Tu penses me bien faire en prolongeant ma fin,
Mais ie n'ay rien si cher qu'accourcir mon destin.

Tu retardes ma mort qu'auancer ie desire,
Et me cuidant sauuer ta main me vient occire.
Car la vie est ma mort, & mon mal deuorant
Ne peut estre guary, si ce n'est en mourant.
« Qui contraint viure aucun qui n'en a pas enuie,
« N'offense moins qu'ostant à quelque autre la vie.
Par ainsi laisse moy : i'ay, desireux, quitté
Du Royaume Thebain l'antique dignité:
Mais ie n'ay pas, laissant ce royal diadéme,
Despouillé le pouuoir que i'auois sur moymesme.
Ie suis maistre de moy, personne ne me doit
Defendre, ou commander : car moy seul i'ay ce droit.
Ant. N'aurez-vous point pitié de ma douleur amere?
Ed. N'auras-tu point pitié du malheur de ton pere?
Ant. Vostre malheur est grand, mais vn cœur genereux
Surmonte tout malheur, & n'est point malheureux.
Ed. Le malheur où ie suis n'est pas remediable.
Ant. Du malheur qui vous poind vous n'estes pas coupable.
Ed. Apres m'estre du sang de mon pere polu?
Ant. Non, puisque l'offenser vous n'auez pas voulu.
Ed. I'ay ma mere espousée, & massacré mon pere.
Ant. Mais vous n'en sçauiez rien, vous ne le pensiez faire.
Ed. C'est vne forfaicture, vn prodige, vne horreur.
Ant. Ce n'est qu'vne fortune, vn hasard, vne erreur.
Ed. Vne erreur, qui le sang me glace quand i'y pense.
Ant. Ce n'est vraymēt qu'erreur, ce n'est qu'vne imprudence.
Ed. Quel monstre commit oncq telle mechanceté?
« Ant. Personne n'est mechant qu'auecques volonté.
Ed. Ce sont propos perdus : Tu ne sçaurois combatre
Par tes fortes raisons mon cœur opiniatre.
I'ay desir de mourir, & de plonger mon mal
Auec mon ame serue, en l'abysme infernal:

Et si plus bas encore vn trespassé deuale,
Plus bas ie veux tomber que la voûte infernale.
Penses-tu, pour m'oster de la dextre le fer,
Pour m'oster vn licol, ourdy pour m'estouffer,
Pour destourner mes pas des roches sourcilleuses,
Et pour me reculer des herbes venimeuses,
M'empescher de mourir ? tu tasches pour neant
De me clorre l'enfer qui est tousiours beant.
« La mort s'offre sans cesse : & combien que la vie
« De tout chacun puisse estre à tout moment rauie,
« La mort ne l'est iamais, la mort on n'oste point:
« Quiconque veut mourir trouue la mort à point.
« Mille & mille chemins au creux Acheron tendent,
« Et tous hommes mortels, quand leur plaist, y descendent.
O mort! ô douce mort! vien estouper mes sens,
Et me perce le cœur de tes dards meurtrissants,
Deschire moy le sein, de tant d'horreurs capable,
Arrache moy la vie, & l'esteins, pitoyable,
Sous cette roche dure en eternel requoy,
Et que iamais Phebus ne rayonne sur moy.
Laisse le Styx, mon pere, & tousiours accompagnes
Les trois bourrelles Sœurs, de mon ame compagnes:
Voy leurs tisons soulfreux, leurs foüets, & leurs serpens
Enflez de noir poison, sur mes poumons rampans,
Mon eternelle peine, & la prens pour vengence,
Ta douleur consolant, de mon horrible offense.
Que s'il ne te suffist, comme certe il n'est mal
Pareil à mon forfaict, à mon forfait egal:
Si tu te deulx encor du peu de mes encombres,
Aimant mieux que ie sois auec les tristes Ombres
Sur les bourbeux palus des creux enfers grondans,
Fay que la terre s'ouure & me pousse dedans;

Fay moy porter le roc, qui ſans ceſſe deuale,
Fay moy ſouffrir la ſoif, & la faim de Tantale,
Que du cault Promethé i'aye la paßion,
Du tonnant Salmonee, & du traiſtre Ixion:
Tous leurs tourmens enſemble à peine pourront eſtre
Suffiſants pour moy ſeul, damné deuant que naiſtre.
Sus doncq Edipe, ſus, ne t'outrage à demy,
Ce n'eſt pas aſſez d'eſtre à tes yeux ennemy,
Tes yeux ſeuls n'ont forfait, tu es en tout coupable,
Et n'y a rien de toy qui ne ſoit puniſſable.
Ouure toy l'eſtomac, deſchire toy le ſein,
Arrache toy le cœur de ta bourrelle main,
De ta main parricide, & qu'elle meſme paye
A ton pere le prix de ſa mortelle playe.

Ant. Pour Dieu, mon Geniteur, appaiſez voſtre mal,
Puis qu'il ne vient de crime, ains d'vn malheur fatal.
Eſcoutez moy pauurette, & voſtre oreille douce
Ma ſuppliante voix par deſdain ne repouſſe.
Ie ne demande pas que vous vueillez encor
Reprendre en voſtre main le ſceptre d'Agenor:
Ie ne demande pas que de loix ſalutaires
Vous vueillez gouuerner vos peuples volontaires,
Et que voſtre famille abyſmee en malheur
Vous vueillez redreſſer en ſon antique honneur:
Ie ne vous requiers pas que le dueil qui vous tue
Vous vueillez deſpouiller de voſtre ame abatue:
« Combien qu'il appartienne à l'homme de grand cœur
« D'eſtre de la fortune en ſes aſſauts vainqueur,
« Et de ne ſuccomber à la douleur maiſtreſſe:
« Ains de fouler aux pieds la rongeante triſteſſe,
« Qui rampe dans noſtre ame, incurable poiſon
« Si lon ne la deſtrempe auecques la raiſon.

Pourquoy recourez-vous à la mort pour remede?
Sinon que vostre force à la Fortune cede,
Que contre son assaut vous n'estes assez fort,
Et que vous ne pouuez soustenir son effort.
Mais las! que sçauroit plus la Fortune vous faire?
Sçauroit-elle estre plus qu'elle vous est contraire?
Iupiter, qui peut tout, ne sçauroit augmenter
Le comble du malheur qui vous fait lamenter.
Quel bien esperez-vous aux riues tenebreuses,
Eternel compagnon des ames malheureuses,
Que vous n'ayez icy? Ne souffrez-vous autant,
Que vous pourriez souffrir sur l'Acheron estant?
Qu'est-ce qui vous asprist? quelle fureur vous pique
De vouloir deualer au marez Plutonique?
Est-ce pour ne voir plus ce beau iour escarté?
Vos yeux perdent du iour l'amiable clairté.
Est-ce pour vous priuer du royal diadême?
Pour quitter vos palais? Vous en priuez vous mesme.
Est-ce pour vous bannir loing de vostre païs,
Loing de femme & d'enfans? Vous les quittez haïs:
Vostre sort inhumain de cela vous deliure.
Partant vous ne deuez vous lamenter de viure.
Car la vie vous oste autant que le trespas
A coustume d'oster à ceux qui vont là bas.
Quel bien vous peut donner cette mort souhaitee?
Qu'aurez-vous plus estant vne ame Acherontee?

Ed. Ie me veux separer moymesme de mon corps:
Ie me fuiray moymesme aux Plutoniques bords:
Ie fuiray ces deux mains, ces deux mains parricides,
Ce cœur, cet estomac, ces entrailles humides
Horribles de forfaits, i'esloigneray les cieux,
L'air, la mer, & la terre, edifices des Dieux.

Puis

Puis-ie encore fouler les campagnes fecondes
Que Cerés embellist de cheuelures blondes?
Puis-ie respirer l'air? boire l'eau qui refuit?
Et me paistre du bien que la Terre produit?
Puis-ie encore, polu des baisers d'Iocaste,
De ma dextre toucher la tienne qui est chaste?
Puis-ie entendre le son, qui le cœur me refend,
Des sacrez noms de pere & de mere & d'enfant?
Las! dequoy m'a seruy qu'en la nuict eternelle
I'aye fait amortir ma lumiere iumelle,
Si tous mes autres sens egalement touchez
De mes crimes, ne sont, comme mes yeux, bouchez?
Il faut que tout mon corps pourrisse sous la terre,
Et que mon ame triste aux noirs riuages erre,
Victime de Pluton. Que fay-ie plus icy
Qu'infecter de mon corps l'air & la terre aussi?
Ie ne voyois encor la clairté vagabonde
Du iour, & ie n'estois encores en ce monde,
Les dous flancs maternels me retenoyent contraint,
Qu'on me craignoit desia, que i'estois desia craint.
Aucuns sont deuorez de la Parque seuere
Si tost qu'ils sont sortis du ventre de la mere:
Mais las! ie n'en estois encore encore issu,
Ie n'estois pas encor' de ma mere conceu,
Que ia desia la mort me brandissoit sa darde,
Lors trop prompte à m'occire, & ores trop musarde.
On arresta ma mort (miserable) deuant
Que ie fusse animé, que ie fusse viuant.
O l'estrange auanture! vn pere veut desfaire
Son petit enfançon premier que de le faire,
Premier que l'engendrer, & commande tuer
Celuy qui le deuroit viuant perpetuer.

Las! il craint le contraire, & son ame timide
Pense que cet enfant sera son homicide.
Ainsi deuant que naistre, ains deuant qu'estre faict
I'estois ia crimineux d'vn horrible forfaict:
I'estois ia parricide, & ma vie naissante,
D'vn sort contraire estoit coupable & innocente.
Ie fus mis au supplice aussi tost que ie peu
Gouster l'air de ce monde & que i'en fus repeu.
On me perça les pieds d'vne broche flambante,
Et haut on me pendit en la forest mouuante
Du pierreux Cithéron, au sommet d'vn rocher,
Pour nourrir les corbeaux de ma tendrette chair.
Mais helas! le Destin nuisiblement propice
A mon futur malheur, m'arracha du supplice,
Me preseruant pour l'heure, à fin que d'vn poignard
I'ouurisse vn iour le sein de mon pere vieillard,
Que ie deuois meurtrir par la voix prophetique,
Trop veritable helas! de l'oracle Delphique.
Or l'ay-ie massacré de cette dure main,
Vrayment dure & cruelle, & l'empire Thebain
I'ay conquis par sa mort, ornant la mesme dextre,
Qui l'ame luy tollut, de l'honneur de son sceptre.
Encor ne fust-ce tout: car le ciel me voulant
Accabler de mesfaits, & les accumulant
Par monceaux entassez, me fit (ô chose infame!)
L'incestueux mary de ma mere, sa femme.
Quel Scythe, quel Sarmate, & quel Gete cruel,
Despouillé de raison, commit onq' rien de tel?
I'ay ma dextre laué dans le sang de mon pere,
I'ay d'inceste polu la couche de ma mere,
I'ay produit des Enfans en son ventre fecond,
Qui freres & enfans tout ensemble me sont.

Ores i'ay tout quitté, fors toy mon Antigone,
I'ay laißé femme, enfans, & de Thebes le thrône,
Le loyer de mon crime, helas! mais auiourdhuy
Voyla ma geniture en bataille pour luy.
Le frere veut du frere & le bien & la vie,
Tant ils ont de regner vne bruslante enuie,
Tant ce desir les ronge, & cette authorité
Les contraint de forcer tout droict de pieté.
Ce malheur est conioinct au sceptre Agenoride,
De s'acquerir tousiours auecques parricide.
Außi mes deux enfans y courent acharnez
Comme Lyons griffus au combat obstinez.
Polynice se plaint que son frere luy vole
Son droit, & le fraudant, sa promesse viole:
Inuoque le secours des grands Dieux colerez
Contre ceux qui les ont en serment pariurez:
A faict armer, banny, pour la querelle sienne
Les Gregeoises citez, la ieunesse Argienne:
Veut forcer son germain, qui ne luy veut ceder
Le royaume vsurpé, qu'il veult seul posseder.
Le terroir Cadmean fourmille de gendarmes,
Tout est plein de cheuaux, de dards, de feux, de larmes,
De plaintes & de cris: le laboureur s'enfuit,
Tout ce bord retentist de tumulte & de bruit.
Ant. Quand vous n'auriez, mon pere, autrè cause de viure,
Que pour Thebes defendre, & la rendre deliure
Des combats fraternels, vous ne deuez mourir,
Ains vos iours prolonger pour Thebes secourir.
Vous pouuez amortir ceste guerre enflammee,
Seul vous auez puissance en l'vne & l'autre armee:
Des mains de vos enfans vous pouuez arracher
Le fer desia tiré pour s'entredehacher.

Vous pouuez arrester la fureur qui chemine,
Comme vn ardant poison, par leur chaude poitrine,
Et de vostre patrie esloigner les dangers,
Qui la vont menassant de soudars estrangers:
La mettant en repos, & comme d'vne corde
Serrant nos cœurs vnis d'vne saincte concorde.
Viuez donc ie vous pry, viuez doncques pour nous,
Si viure desormais vous ne voulez pour vous.
Vostre vie est la nostre, & qui l'auroit rauie,
Auroit raui de nous, & d'vn chacun la vie.

Ed. Que ces maudits enfans ayent respect à moy?
Qu'ils desarment leurs mains, & se gardent la foy?
Les traistres, les mechants, affamez de carnages,
Confits en cruautez, en fraudes & outrages,
D'empires conuoiteux, ne sçauroyent faire bien,
Dignes de moy leur pere, & du lignage mien.
Ils sont plongez en mal, leur esprit ne propose
Que bastir, que tramer toute execrable chose.
Leur esprit n'est poussé que de toute fureur,
La crainte des grands Dieux ne leur donne terreur,
Ils ne reuerent rien, la honte paternelle,
Ny l'amour du pais ne leur est naturelle:
Ils s'entremeurtriront, si la bonté des Dieux
Ne retient auiourduy leur glaiue furieux.
C'est pourquoy me conuient souhaiter que ie meure,
C'est pourquoy trop long temps au monde ie demeure,
Estant pres de souffrir, differant mon trespas,
De pires passions que ie ne souffre pas.

Ant. Par vos cheueux grisons ornement de vieillesse,
Par cette douce main tremblante de foiblesse,
Et par ces chers genoux que ie tiens embrassez,
Ce mortel pensement ie vous prie effacez

De vostre ame affligee, & laissez ceste enuie
De mourir, où le sort trop cruel vous conuie.
Viuez tant que nature ici vous souffrira,
Puis receuez la mort quand elle s'offrira:
Elle vient assez tost, & iamais ne rameine
Vne seconde vie en la poitrine humaine.

Ed. Ma fille, leue toy tu me transis le cœur,
Ton louable desir sera du mien vainqueur:
Appaise ta douleur, ma chere vie, appaise
La tristesse & l'ennuy, que te fait mon malaise.
Ces larmoyants souspirs que tu pousses en l'air
Me trauersent les os & me font affoler.
Ie viuray, ma mignonne, à fin de te complaire,
Et traineray mon corps par ce mont solitaire,
Autant que tu voudras: rien ne me peut douloir
Qui à ton gré se face, & selon ton vouloir.
Ie franchiray les flots de la mer Egeanne,
Ie plongeray ma teste en la flamme Etneanne,
S'il te plaist: & d'vn roc, touchant le ciel des bras,
Ie m'iray sans frayeur precipiter à bas:
S'il te plaist, s'il te plaist, ie seray la viande
D'vn Lyon rauisseur, d'vne Louue gourmande.
Ie viuray, ie mourray, selon qu'il te plaira,
Ta seule volonté ma conduite sera.

Ant. Viuez doncque en repos, sans que vostre pensee
Soit des malheurs passez desormais offensee.

Ed. Ie me veux reposer en cet antre caué,
Dans ces horribles monts tristement enclaué,
Qu'vn fort buisson encerne, & d'vne ondeuse source
Le beau crystal errant en eternelle course.
Là sur vn tuf assis, & du coude appuyé
I'entretiendray d'espoir mon esprit ennuyé,

Que la mort ſecourable en brief me viendra prendre,
Et mon ame fera ſur l'Erebe deſcendre:
Tandis, mon reconfort, que tu auras le ſoing
De me faire apporter ce qui m'eſt de beſoing.
Or retourne à ta mere, & ſi tu peux l'incite
D'appaiſer de ſes fils la querelle maudite.

Chœur de Thebains.

O Pere que par noms diuers
L'on inuoque par l'vniuers,
Nomien, Euaſte, Agnien,
Baſſarean, Emonien,
Touſiours orné de pampres vers:
Qui parmy le foudre naſquis,
Et dedans la cuiſſe veſquis
De Iupiter, qui te porta
Iuſques à tant qu'il t'enfanta
A Nyſe, qu'apres tu conquis:
Qui l'ombreuſe croupe du mont
Du ſaint Parnaſſe au double front,
Fais retentir, & Cithéron,
Et les montagnes d'enuiron,
Au bruit que tes Menades font:
Quand, auec les Satyres nus,
Aux pieds de bouc, aux fronts cornus,
Dançant en maints follaſtres tours,
Celebres au ſon des tabours
Tes hauts myſteres inconnus.
Lors que les rebelles Geans
Grauirent aux champs Phlegreans
Contre le ciel, à grands efforts,
Gyge & Mimas tu rendis morts

Dedans les fourneaux Etneans.
Tu t'es, magnanime, vengé
Du Roy Thracien enragé:
Agaue & l'Edonide chœur
Ont puny Penthé ce mocqueur
Qui ton nom auoit outragé.
Sans crainte aux Enfers tu descends,
Les Tigres te sont blandissans,
Les bruyants fleuues tu flechis,
Les barbares mers tu franchis,
Leurs flots te sont obeissants.
Ton nom s'est espandu fameux
Au Gange & Araxe escumeux,
Et ton exercite pampré
Victorieux a penetré
Bien loing iusque aux peuples gommeux.
Escoute pere, ô bon Denys,
Rassemble les cœurs desunis
Des freres plongez en discords,
Et de nos Beotiques bords
Toutes calamitez banis.
Garde la Thebaine cité
De domestique aduersité:
Ta mere à Thebes te conceut,
Et ton pere à Thebes receut
Ta premiere natiuité.
Icy tes Thyades, hurlant,
Vont au soir l'herbette foulant,
Leurs thyrses Nyseans vestus
De vigne aux branchages tortus,
A cheueux espars sautelant.
Vien, ô vien Euach, Agyeu,

Vien nostre tutelaire dieu,
Nous t'inuoquons, nous te prions,
A toy, desolez, nous crions,
Chasse tout malheur de ce lieu.
Si nous receuons, ô Seigneur,
De toy ce desiré bonheur,
Tandis que le ciel tournera,
Tandis que la mer flotera,
Nous chanterons à ton honneur.

ACTE II.

Iocaste. Messager. Antigone.

Ioc.

Soleil qui gallopant par ce rond spacieux,
Illumines la terre & la voûte des Cieux,
Regarde par pitié, cernant ce grand espace,
Le desastreux esmoy de nostre pauure race:
Voy qu'apres tant de maux, l'vn sur l'autre amassez,
D'vn extreme mechef nous sommes menacez.
Thebes tombe en ruyne, & les Grecques cohortes
Viennent en grand' fureur pour forcer nos sept portes:
Mes Enfans embrasez d'vn desir enragé
D'occuper mechamment le royaume outragé
De leur vieil geniteur, taschent d'effort contraire
A s'entredespouiller du sceptre hereditaire.
Agaue Bassaride a de son thyrse saint
L'irreuerend Penthé mortellement atteint,
Penthé sa geniture, & de son sang humide
A, cruelle, arrosé le chœur Aedonide:
Mais le sanglant mesfait de son cœur insensé
De Bacchiques fureurs, plus outre n'a passé.

Moy

Moy ie n'ay pas esté tant seulement mechante,
Mais i'ay faict ces mechants de qui ie me lamente:
Ie les ay engendrez pour estre le flambeau
De cette grand' Cité prochaine du tombeau.

Mess. Race du vieil Creon, secourez ie vous prie,
Secourez promptement la commune patrie.
Accourez, hastez-vous, repoussez les tisons
Ia ia prests à lancer sur les toicts des maisons.
L'ennemy se presente, & cette longue plaine
Fourmille de soudars, que Polynice ameine,
Demandant, animeux, que l'accord conuenu
Pour le sceptre Thebain, luy soit entretenu.
Il a toute la Grece arrangee en bataille,
Sept diuers escadrons entournent la muraille,
Prests de venir aux mains: secourez, defendez
Nos murs, de vos enfans contrairement bandez.

Ant. Allons Madame, allons, vos maternelles larmes
De leurs guerrieres mains feront tomber les armes.
Vous les pourrez reioindre en vne bonne amour,
Et faire qu'au Royaume ils commandent par tour.

Ioc. Las ie ne sçay que faire: à bon droict Polynice
Se plaind qu'en le chassant Eteocle iouisse
Seul du sceptre ancien, combien qu'il soit celuy
Qui le doyue pretendre aussi bien comme luy:
Toutesfois deietté de sa natiue terre,
Ia depuis trois moissons de ville en ville il erre
Miserable & chetif, iusqu'à tant qu'il s'est veu
Chez Adraste, qui l'a pour son gendre receu.
Il a des Roys voisins imploré les armees,
Dont il couure auiourd'huy les campagnes Cadmees,
Pour recouurer des mains d'Eteocle, l'honneur
D'estre de nos citez legitime seigneur.

Il fait bien de vouloir ce que le droit luy donne,
Et tascher de l'auoir, mais d'vne façon bonne.
Pour qui me banderay-ie? helas! auquel des deux
Ma faueur donneray-ie, estant la mere d'eux?
Ie ne puis plaire à l'vn, sans à l'autre desplaire,
Faire du bien à l'vn, sans à l'autre malfaire,
Ny souhaiter que l'vn ait prospere succez,
Sans souhaiter aussi que l'autre l'ait mauuais.
Tous deux sont mes enfans: mais bien que ie les aime
D'egale affection, comme mon ame mesme,
I'incline toutesfois beaucoup plus pour celuy
Dont la cause est meilleure, & qui a plus d'ennuy.
" *On a communément pitié des miserables,*
" *Et leur condition nous les rend fauorables.*
MESS. *Tandis qu'à lamenter vous despensez le temps,*
On approche des murs les estendars flotans,
Les bataillons serrez dans la plaine herissent,
Comme espics ondoyants qui par les champs blondissent:
Ils reluisent du fer qui leur couure le dos:
Le front, qui leur pallist sous les armes enclos,
Sourcille de fureur: les yeux leur estincellent,
Comme esclairs flamboyants, quand les astres querellent.
Ia desia la trompette esclate vn son affreux,
Ia les fiers escadrons s'encourageants entre-eux,
Demarchent arrangez par la plaine poudreuse,
Prests de s'entrechoquer d'vne ardeur colereuse.
Voyez comme les chefs la longue picque au poing
S'auancent les premiers, de leurs batailles loing,
Enragez de combatre, & d'acquerre vne gloire
Au danger de leur sang, par l'heur d'vne victoire.
Allez, auancez-vous, il est temps, despeschez,
Vous les verrez bien tost l'vn à l'autre attachez.

Ant. Or allez donc, Madame, & sans leurs armes craindre,
Abordez-les premier qu'ils viennent à se ioindre:
Faites leur cheoir des mains leurs targues & leurs dars,
Sacquez de leur costé leur meurtrissants poignars
Alterez de leur sang: & si la soif gloutonne
De s'entre-homicider, leurs ames espoinçonne,
Si que la reuerence obeisse au mespris,
Et leurs cœurs obstinez soyent de trop d'ire espris,
Plantons-nous au milieu des phalanges contraires,
Opposons la poitrine aux picques sanguinaires,
Appaisons cette guerre, ou que les premiers coups
Des freres animez se lancent contre nous.
Ioc. I'iray, i'iray soudaine, & seray toute preste
D'affronter leurs cousteaux, & leur tendre la teste,
Leur tendre la poitrine, à fin que celuy d'eux
Qui meurtrira son frere, en puisse meurtrir deux.
S'ils ont quelque bonté, mes pitoyables larmes
Les deuront esmouuoir à mettre bas les armes:
Mais s'ils n'en ont aucune, ils deuront commencer
En moy leur parricide & sur moy s'eslancer.
Ant. Les estendars dressez par les troupes remuent,
Les scadrons ennemis sur les nostres se ruent,
L'air courbé retentist sous le fremissement
De tant de legions au combat s'animant:
Recourez, recourez à vos douces prieres,
Pour retarder l'effort de leurs dextres guerrieres.
Ils marchent pesamment, vous les aurez atteints,
Deuant qu'ils soyent couplez pour en venir aux mains.
Ioc. Les camps vont lentement, mais les deux Capitaines
Ont pour se rencontrer les demarches soudaines.
Quel tourbillon de vent me portera par l'air?
Quel Stymphalide oyseau fera mon corps voler?

Quel Sphinx, quelle Harpye à la gorge affamee
Ira fondre au milieu de l'vne & l'autre armee,
Me portant sur le dos, pour à temps m'y trouuer,
Et vers mes fiers enfans ma priere esprouuer?

Mess. Elle court furieuse, ainsi qu'vne Menade
Court au mont Cithéron, de son esprit malade:
Ou comme vn trait volant par vn Scythe eslancé,
Ou comme au gré du Nort vn nauire poussé,
Ou comme on voit au soir vne estoile luisante
Se glissant dans le ciel courir estincelante.
Permettent les bons Dieux, que nos Princes esmeus
De sa forçante voix, ne souillent animeux
Leurs glaiues coniurez d'vne mort fraternelle,
Ains que s'entre-embrassant ils rompent leur querelle.

Chœur.

QVe l'ardante ambition
Nous cause d'affliction!
Qu'elle nous file d'esclandre!
Si l'alme paix ne descend
Sur nous peuple perissant,
Nous verrons Thebes en cendre.
Ce malheur tousiours nous ioint,
Et collé ne cesse point
De presser les Labdacides,
Depuis que nos anciens
Quittant les champs Tyriens,
Beurent les eaux Castalides.
Et que Cadme poursuiuit
Le faux taureau, qui rauit
Sur sa blandissante crope
La belle Europe sa sœur:

Et que le cault rauisseur
La passa dedans l'Europe.
Que, las d'auoir trauersé
Iusqu'à l'ondeuse Dircé,
Sans recouurer la pucelle,
Ny son mugissant larron,
Fist au pied de Cithéron
Sa residence nouuelle.
Il bastit nostre Cité,
Et son terroir limité
Du Bœuf, nomma Beocie:
Depuis ce temps-la tousiours
Les malheurs y ont eu cours,
Dont elle est ore farcie.
Depuis les monstres cruels
Y naissent continuels:
Sur la riue diapree
De Cephise vn fier serpent
En cent tortices rampant
Enuenima la contree.
Plus haut que les chesnes vieux
Il eleuoit furieux
Sa longue teste sifflante,
Restant la plus part du corps
En maint & maint nœud retors,
Dessur l'herbe flestrissante.
Les champs de ses dents semez
Furent d'hommes animez,
Qui sortis, nouueaux gendarmes,
En bataillons ordonnez,
Aussi tost qu'ils furent nez
S'entre-occirent de leurs armes.

Ils ne firent qu'vn ſeul iour
Deſſur la terre ſeiour:
Le matin fut leur ieuneſſe,
Le midy leur âge meur,
Du ſoir la brune noirceur
Fut leur extreme vieilleſſe.
Acteon eſt deuenu
Par ſon deſaſtre cornu:
Du Sphinx la monſtreuſe forme
Nous veiſmes à noſtre mal:
D'Edip' l'inceſte brutal,
Et le parricide enorme.

Iocaſte. Polynice.

Ioc.

TOurnez vos yeux vers moy, magnanimes guerriers,
Dreſſés vers moy vos dards et vos glaiues meurtriers,
Sacquez-les dans mon ſein, dedans cette poitrine,
Qui coupable a porté la ſemence mutine
De ces maudits combats: employez les efforts
De vos robuſtes mains ſur ce mourable corps.
Soit vous qui accourez du riuage Argolide,
Soit vous qui deſcendez du fort Agenoride,
Eſtrangers, Citoyens, peſle-meſle viſez
A moy, qui ay produict ces freres diuiſez:
Qui les ay engendrez de mon enfant, leur frere,
Encore degoutant du meurtre de ſon pere.
Deſchirez-moy le corps, mes membres arrachez,
Et de mon tiede ſang voſtre ſoif eſtanchez.
Vous doutez, vous tardez. Pourquoy, ma Geniture,
Voulez-vous à demy violer la nature?

Que ne destrempez-vous vos armes en mon flanc,
Si vous n'auez horreur de les souiller au sang
Tiré de mesme ventre, au sang de mes entrailles,
Vous entremassacrant au pied de ces murailles?
Mettez les armes bas, ces armes despouillez,
Ou au sang maternel sans crainte les mouillez.
Ne soit d'aucun respect vostre main retenue,
Ie vous tends le gosier & la poitrine nue:
Ie suis entre vous deux : qui doy-ie le premier
De ma pleureuse voix à la paix conuier?
Auquel m'addresseray-ie ? auquel, commune mere,
D'vne accolade sainte iray-ie faire chere?
C'est à vous, qui auez si longuement erré,
Du cher embrassement des vostres separé:
Approchez, mon enfant, que vostre main nerueuse
Renferme en son fourreau cette espee odieuse:
Fichez-moy ceste hache en terre bien auant,
Ostez ce grand pauois qui vous arme au deuant,
Delacez cet armet, qui d'vne longue creste
Horrible m'effroyant, vous poise sur la teste:
Decouurez vostre face. Hé pourquoy doutez-vous,
Et vostre ardant regard elancez à tous coups
Dessus vostre Germain? craignez-vous qu'il remue,
Et qu'en vous embrassant traistrement il vous tue?
Non non ne craignez point, n'en ayez point de peur,
Ie vous defendray bien de son glaiue trompeur
Vous targuant de mon corps, lequel faudra qu'il perce
Deuant que l'inhumain iusque au vostre trauerse.
Que doutez-vous donc plus? doutez-vous de ma foy?
Auriez-vous bien, helas ! desfiance de moy?
Moy qui suis vostre mere? Poly. Apres vn tel pariure
De mon frere, il n'est rien qui desormais m'assure.

IOC. Retirez du fourreau ce large coutelas,
Reprenez la rudache & la mettez au bras,
Rebouclez vostre armet, ne vous mettez en prise
A vostre frere armé, de crainte de surprise.
C'est à vous de lascher les armes le premier,
Qui estes cause seul de faire desfier:
Laissez-les, ie vous pry, pour vn petit d'espace,
A fin que Polynice à mon aise i'embrasse
Apres son long exil: c'est mon accueil premier,
Helas! & i'ay grand peur que ce soit le dernier.
Desarmez-vous, enfans. Est-ce chose seante
De vous tenir armez vostre mere presente?
Luy offusquer les yeux d'vn acier flamboyant
Et aller de soudars sa vieillesse effroyant?
Vous faites vne guerre, où plus grande est la gloire
De se trouuer vaincu, que d'auoir la victoire.
« Craignez-vo⁹ qu'on vous trōpe? Ha qu'il vaut beaucoup (mieux
« Estre trompé, que d'estre aux siens fallacieux:
« Souffrir quelque forfait que le faire soymesme:
« Et perdre que rauir vn Royal diadéme.
Mais ne craignez, enfans, vostre mere fera
Que l'vn trop fraudulent l'autre ne trompera.
Ie ne viens pas icy, ie n'y suis pas venue
Trauailler de labeur ma vieillesse chenue,
Pour estre le tison de vos impietez,
Mais pour fendre le roc de vos cœurs irritez.
Eteocle a fiché sa hache contre terre,
Ietté sa targue bas, ça donc que ie vous serre
De mes bras maternels, ie ne me puis souler
De vous voir Polynice & de vous accoler.
O mon cher Polynice, vne terre estrangere
A long temps retenu vostre ame passagere!

Vous auez longuement erré par les desers,
Par les riuages cois, par les vagueuses mers,
Fugitif, exilé, couru de la Fortune,
Sans secours, sans addresse, & sans retraitte aucune.
Las ! ie n'ay vostre mere à vos nopces esté,
Ie n'ay conduit l'espouse à la solemnité:
Ie n'ay pour honorer la feste nuptiale
Enfleuré le lambris de la maison royale,
Des odeurs de Sabee embasmé vostre lict,
Ny d'or elabouré decoré le chaslit.
Des vostres dechassé, vous estes allez rendre
A vn prince ennemy, qui vous a faict son gendre:
Et ore, apres auoir si long temps seiourné
Loing de mes yeux, en fin vous estes retourné,
Non, comme i'esperois, au gré de vostre frere,
Mais au sac du païs, comme vn prince aduersaire.
O mon fils mon cher fils, ma crainte & mon espoir,
Que i'ay tant souhaité, tant desiré reuoir,
Vous me priuez du bien que ie deuois attendre,
Nous venant assaillir au lieu de nous defendre.
Helas ! faut-il mon fils, mon cher fils, & faut-il
Qu'au retour desiré de vostre long exil,
Pour le commun esclandre en larmes ie me noye,
Au lieu que ie pensois ne pleurer que de ioye?
Mon fils, & falloit-il ne vous reuoir iamais,
Ou en vous reuoyant bannir la douce paix
Du cœur de la patrie, & de fureur ciuile
Nos peuples saccager & nostre belle ville?
Ainsi sans vous la guerre on ne verroit ici,
Ainsi vous sans la guerre on ne verroit aussi.
La guerre vous estreint d'vne si forte serre,
Qu'on ne vous peut auoir sans que lon ait la guerre.

Mais combien que me ſoit voſtre voyage dur,
Venant pour ſaccager l'Amphionique mur
Et nos champs plantureux, ſi treſſaillé-ie d'aiſe
De ce que ie vous voy, vous embraſſe, & vous baiſe:
Ie volle de plaiſir, pourueu que vos debats
Ne paſſent point plus outre, & ceſſent vos combats.
Combien s'en eſt fallu, que ie n'ay veu deſcendre
Sur vous mes deux enfans, vn carnager eſclandre!
Ie tremble & ie fremis de la glaceuſe peur
Que vos flambans harnois m'ont coulé dans le cœur:
Ie vous pry par les flancs, où neuf lunes vous fuſtes,
Et où voſtre naiſſance, ains que naiſtre, vous euſtes,
Par mes cheueux griſons, par les aduerſitez
Dont voſtre pere & moy ſommes tant agitez,
Et par la pieté, par le cœur debonnaire
De la pauure Antigone, appuy de voſtre pere,
Rechaſſez cette armee, & loing de nos creneaux,
Loing de nos belles tours deſtournez ces flambeaux.
Faictes marcher ailleurs vos guerrieres phalanges,
Commandez retirer tous ces peuples eſtranges:
Portez vos eſtendars en d'autres regions,
Sans nous eſpouuenter de tant de legions.
C'eſt aſſez offenſé voſtre chere patrie
Qui les larmes aux yeux à iointes mains vous prie:
C'eſt aſſez tourmenté voſtre ſeiour natal,
Vous luy auez aſſez faict endurer de mal.
Voſtre patrie a veu ſes nourricieres plaines,
De cheuaux, de harnois, & de gendarmes pleines:
Elle a veu ſes couſtaux reluire, comme eſclairs,
D'armets eſtincelans, de targues, de bouclers,
Ses champs heriſſonner de piques menaſſantes,
Au lieu de beaux eſpics aux pointes blondiſſantes:

Elle voit ses guerets par les cheuaux poitris,
Les pasteurs dechassez, & leurs troupeaux meurtris:
Les chefs au front superbe, eleuez apparoistre
Sur des chars triomphans, & leurs gens reconnoistre:
Les villages flamber, les cases des Bergers
Seruir de corps de garde aux soudars estrangers:
Et ce qui est le pire, elle voit les deux freres
L'vn sur l'autre acharnez de fureurs sanguinaires,
Se chercher de la vie, & comme Ours furieux,
Se vouloir dechirer de coups iniurieux.
C'est la Ville mon fils, où Dieu vous a faict naistre,
Et où vous desirez l'vnique seigneur estre.
Quelle bouillante rage & quel forcenement
Vous espoind de vouloir destruire en vn moment
Vostre propre Royaume, & le voulant conquerre
Le faire saccager par des hommes de guerre?
Comment? & voudrez-vous ietter pié-contre-mont
Ces grands monceaux pierreux, qui sourcillent le front,
Ouurage d'Amphion? les riches edifices
De tant de beaux palais, decorez d'artifices?
Aurez-vous, Polynice, aurez-vous bien le cœur
D'y prendre du butin, si vous estes vainqueur?
Et aurez vous helas! aurez-vous le courage
De les voir rauager, les voir mettre au pillage?
Trainer par les cheueux les vieux peres grisons?
Et leurs femmes de force arracher des maisons?
Les filles violer entre les bras des meres?
Et les ieunes enfans mener comme forçaires
Le col en vn carcan & les bras encordez,
Pour leurs maistres seruir en plaisirs desbordez?
Mais pourrez-vous encor' voir la ville troublee,
De tumultes, de cris, de carnages comblee?

Les corps des citoyens l'vn sur l'autre entassez,
De trauers, de biais, sans ordre entrelassez,
(Spectable miserable) encombrer les passages,
Et du sang regorgeant les rouges marescages?
Voir ardre les maisons, & les hostes dedans,
Cruellement brusler sous les cheurons ardans?
Et brief faire vn tombeau, vn bucher mortuaire
De Thebes, qui vous est vn bien hereditaire?
Ie vous pry' ie vous pry' despouillez ce rancœur,
Et d'humble pieté remparez vostre cœur.

Poly. Seray-ie donc tousiours errant parmy le monde?
Traineray-ie ma vie à iamais vagabonde?
Me faut-il donc tousiours, me faut-il à iamais
Mon viure mendier de palais en palais,
Sans terres, sans moyens ? Quelle peine plus dure
Eussé-ie deu porter si i'eusse esté pariure
Comme cet affronteur ? Doy-ie souffrir le mal
Que deuroit endurer ce trompeur desloyal?
Et luy, tirer proffit de sa fraude & malice?
Où se retirera l'affligé Polynice?
Où voulez-vous qu'il aille ? Eteocle ha le bien
Du commun heritage & ne me laisse rien.
Qu'il iouysse de tout, qu'il ait seul le royaume,
Et qu'on me baille au moins quelque maison de chaume,
Ce sera mon palais, ie me pourray vanter
D'auoir quelque manoir sans ailleurs m'absenter.
Mais ie n'ay rien du tout, & me conuient pour viure,
Esclaue, retirer chez Adraste & le suiure.
« O que c'est chose dure, & qui tourmente bien,
« Se voir de maistre esclaue, & de Roy n'estre rien!

Ioc. Si vous auez desir d'estre supreme Prince,
D'auoir sous vostre main suiette vne prouince,

Et que ne puiſsiez viure exempt de royauté,
Laiſſez-là voſtre frere, & ſa deſloyauté,
Cherchez nouueau party : ceſte maſſe terreſtre
De cent ſceptres plus beaux ornera voſtre dextre.
Pouſſez de vos ſoldars les fieres legions
Dans les champs Lydiens fertiles regions,
Où les fameuſes eaux de l'opulent Pactole
Coulent en cent replis des rochers de Tymole:
Monſtrez vos eſtandars aux riuaiges retorts
Du ſommeilleux Meandre, & les monſtrez aux bords
Du creux Eurymedon, aux claires eaux de Xante,
Qui du mont Idean a ſa courſe naiſſante.
Donnez en la Lycie, & aux champs Syriens,
D'où iadis ſont iſſus nos peres Tyriens.
Faites bruire le fer de vos lances Argiues,
Et craquer vos harnois ſur les loingtaines riues
Du Tygre Armenien, où le beau Soleil blond
Deuant qu'il ſoit à nous monſtre l'or de ſon front.
C'eſt là qu'Adraſte doit guider ſes forces preſtes,
C'eſt là qu'il doit pretendre à faire ſes conqueſtes:
Là vaudra beaucoup mieux vos forces employer
Pour vn ſceptre nouueau, que de nous guerroyer:
Vous y pourrez, ſans crime, acquerre vn diadéme.
Là Thebes vous aurez & voſtre frere meſme
Suiuants vos eſtandars, & nous qui ſommes vieux,
Pour l'heur de voſtre armee inuoquerons les Dieux.
Propoſez-vous auſsi les douteuſes iſſues
Des batailles, ſouuent inſperément perdues:
Combien Mars eſt inſtable, & que le ſort humain
Eſt touſiours, mais ſur tout aux combats, incertain.
Car bien que l'Achaie & l'Inachie enſemble,
Portant voſtre querelle, en voſtre camp s'aſſemble,

Si eſt-ce que touſiours Fortune y aura part,
Et que l'euenement deſpendra du haſard.
Laiſſez donc cette guerre, où tout eſt plein de doute,
Où la victoire n'eſt plus ſeure que la route,
Qui deſtruit la patrie, & ſaccage des Dieux,
Nos publiques patrons, les temples precieux.
Poly. Et que pour le loyer de ſa fraude impudente
Il tienne le Royaume, & que moy ie m'abſente?
Iamais iamais Madame, il faut qu'il ſoit puny
De m'auoir traiſtrement de ma terre banny.
Ioc. Celuy eſt bien puny qui à Thebes commande.
Nul n'y a maiſtriſé ſans aduerſité grande.
Depuis Cadme nombrez, vous n'en verrez aucun
Qui n'ait eſté piqué de ce malheur commun.
" Poly. Vn Roy n'a tel malheur que perdre ſon empire.
" Ioc. Qui fait guerre à ſon frere eſt encore en vn pire.
Poly. De pourſuiure vn pariure appellez-vous malheur?
Ioc. Il eſt voſtre germain. Poly. Mais ce n'eſt qu'vn volleur,
Vn volleur de Royaume. Ioc. Il eſt plus agreable
Aux citoyens que vous. Poly. Et moy plus redoutable.
Ioc. Les voudriez-vous regir contre leur volonté?
" Poly. Vn peuple contumax par la force eſt donté.
Ioc. En la hayne des miens ie ne voudrois pas viure.
Poly. Ne regne qui voudra de hayne eſtre deliure.
" Car auec le Royaume eſt la hayne touſiours:
" Touſiours elle ſe voit dans les royales cours:
Et croy que Iupiter ſur les cieux ne commande,
Sans eſtre mal-voulu de la celeſte bande.
Ne me chault de me voir de mes peuples haï,
Moyennant que ie ſois & craint & obeï.
" Ioc. C'eſt vne grande charge, vn faix inſupportable.
" Poly. Il n'eſt rien de ſi doux, ny de ſi delectable.

Pour garder vn Royaume, ou pour le conquerir
Ie ferois volontiers femme & enfans mourir,
Brusler temples, maisons, foudroyer toute chose.
Bref il n'est rien si saint, que ie ne me propose
De perdre mille fois, & mille fois encor,
Pour me voir sur la teste vne couronne d'or.
« C'est tousiours bon marché quelque prix qu'on y mette.
« Nul n'achette trop cher, qui vn Royaume achette.

Chœur.

Fortune, qui troubles tousiours
Le repos des Royales cours,
Balançant d'vne main trompeuse
Sur la teste d'vn Empereur,
Le trop variable bon-heur
D'vne couronne glorieuse.
Toutes grandeurs tu vas plaçant
Sur vn rocher apparoissant,
Enuironné de precipices,
Prestes de choir au premier vent,
Qui les atterre plus souuent
Qu'il ne fait les bas edifices.
« Sans fin les Rois sont agitez
« De diuerses aduersitez,
« Le soing & la peur ne les lasche:
« Ils ne reposent nullement:
« Car il leur semble à tout moment
« Que la couronne on leur arrache.
« La mer aux deux Syrtes flottant
« Les ondes ne boulverse tant,
« Et Scylle si fort ne tempeste
« Vn nauire de ses abois,

« Que la peur tourmente les Rois
« Des ſoupçons qu'ils ont en la teſte.
« Ils vont redoutant leurs voiſins,
« Ils craignent leurs ſuiets mutins,
« La peur en leur ame eſt empreinte:
« Ils veulent que d'eux on ait peur,
« Et toutesfois tremblent au cœur
« S'ils voyent que l'on en ait crainte.
Nous ne voyons nos Rois Thebains
Plus amis, pour eſtre germains:
L'ambition, qui les commande,
Ne permet qu'en ſincere amour
Ils tiennent le ſceptre par tour,
Et que l'vn à l'autre le rende.
L'vn le retient à ſon pouuoir,
L'autre s'efforce de l'auoir:
Ce pendant le peuple en endure,
C'eſt luy qui porte tout le faix,
Car encor qu'il n'en puiſſe mais,
Il leur ſert touſiours de paſture.
Mars dedans la campagne bruit,
Noſtre beau terroir eſt deſtruit:
Le vigneron quitte la vigne,
Le courbe laboureur ſes bœufs,
Le berger ſes paſtis herbeus,
Et le morne peſcheur ſa ligne.

ACTE III.

Meſſager. Iocaſte. Antigone. Hemon.

Meſſ.

O Thebes miſerable ! ô Royauté comblee
D'aduerſité cruelle auiourdhuy redoublee!

Ah ranceœur fraternelle ! Ant. Hé mon amy, pour Dieu
Ne passe point plus outre, ains t'arreste en ce lieu.
Demeure, où refuis-tu? Ioc. Las ! ie tremble de crainte.
Ant. Dy nous, dy ie te pry, la cause de ta plainte.
Mess. Tout est perdu. Ant. Bons Dieux ! Ioc. Ha pauure femme ! Ant. Helas!
Ioc. Helas que ferons nous ! Ant. Ne vous desolez pas,
Madame, moderez la douleur de vostre ame,
Moderez vostre dueil, moderez-le. Ioc. Ie pasme.
Ha ma fille! Ant. Hà Madame! Ioc. Hé hé que ferõs-nous?
Ant. Las ! c'est tout vn pour moy, ie n'ay soin que de vous.
Ie ne plains que vous seule. Ioc. Et moy que vous m'amie.
Ant. Sans vous ie voudrois estre en la salle blesmie
Du roy Tartarean. Ioc. Il m'y faut deualer.
Ant. Mais plustost nous deuons nous entre-consoler.
Ioc. Eteocle est donc mort ? Mess. Aussi est Polynice.
Ioc. Ha chetiue vieillesse ! au moins que ie les visse.
Ant. Sont-ils morts au combat en hommes belliqueux?
Mess. Ils sont morts au combat, mais il n'y auoit qu'eux.
Ioc. Se sont-il combatus ? Mess. De lance & coutelace.
Ant. Et s'entre sont tuez ? Mess. Tous deux dessur la place.
Ioc. O pauure Mere, helas ! Ant. Soudard ie te supply,
Fay nous de cet esclandre vn discours accomply.
Mess. Ia Mars s'allentissoit, & la creuse trompette
Sonnoit de toutes parts la sanglante retraitte:
Tout sentoit le carnaige, & la campagne estoit
Enseuelie au sang, qui par ondes flotoit
Sur les corps encombrez, que l'orageuse foudre
Du bouillant Mars auoit renuersez sur la poudre.
Le belliqueux Tydee à terre gisoit mort,
Le preux Hippomedon receuoit pareil sort,
Le vaillant Capanee, Acron & Menecee,

Amphiaree, Actor, le courageux Hypsee,
Et tant d'autres guerriers de l'vn & l'autre camp,
Qui gisoyent par monceaux estendus sur le champ:
Quand Polynice, espoint d'vn regret miserable
De se voir de la mort de tant d'hommes coupable,
Adraste va trouuer, & l'arraisonne ainsi.
Ie suis cause tout seul de cet esclandre icy,
Mon pere, & pour moy seul tant d'ames genereuses
Vont maintenant trouuer les riues tenebreuses:
Ie veux venger leur mort sur moymesme, sur moy,
Ou sur ce faux tyran violateur de foy:
A fin que de nous deux, leurs communs homicides,
Ne se puisse douloir les femmes Argolides.
Il eust bien mieux vallu, ie le connois trop tard,
Que i'eusse auparauant entrepris ce hasard,
Premier qu'en bataillons les troupes ordonnees
De contraires fureurs se fussent moissonnees,
Et tant de braues chefs outre-percez de coups
Fussent trebuschez morts le visage dessous.
Mais puisque ie ne puis cette faute desfaire,
Au moins ores ie veux m'esprouuer à mon frere:
Ie m'en vay le combattre. Adieu, prenez souci
De l'honneur de ma tombe, & de ma femme aussi.
Ces propos acheuez, il rendosse ses armes,
Laissant Adraste là, qui fondoit tout en larmes.
Comme on voit au printemps, que Rhodope le mont,
Couuert de neige blanche, en cent ruisseaux se fond.
Il franchist son cheual, qui le frein dans la bouche,
Battant du pié la terre, attend qu'on l'écarmouche:
Puis le piquant allaigre, eslancé de douleur,
Le visage terny d'vne palle couleur,
Les yeux estincelants d'vne rage allumee,

Se va camper au pied de la cité Cadmee:
Appelle à haute voix Eteocle, & voyant
Que nul ne descendoit sur le champ poudroyant,
S'appuye de sa lance, & de ses yeux mesure
Vn lieu capable & propre à leur guerre future.
Eteocle tandis dans le temple prioit
Ses tutelaires dieux, & leur sacrifioit,
Quand Ephite accouru, l'estomac hors d'haleine,
Et le poumon battant, luy dist à grande peine,
(Ainsi l'ay-ie entendu) Laissez, Sire, ces vœux,
Et ne vous amusez aux entrailles des bœux:
Il n'est temps de vaquer à faire sacrifice:
Voyla deuant les murs l'indigné Polynice,
Qui vous somme au combat, hastez-vous de sortir,
Il veut vos differens par le fer departir.
A ces mots il s'enflamme, ainsi qu'en vn bocage
On voit vn fier Taureau s'enflammer le courage,
Oyant dans vn vallon beugler son ennemy:
Il leue haut la teste, & boursoufflant parmy
L'espais d'vn fort buisson, courageux se presente
Au deuant du troupeau, que sa rage espouuante.
Eteocle en la sorte, outré dedans le cœur,
Souffle par les naseaux la raige & le rancœur:
Le feu luy sort des yeux, le front luy deuient palle,
Et le sang retiré dans le sein luy deualle.
On luy couure le corps d'vn acier flamboyant,
On luy met sur la teste vn armet effroyant:
Son coursier on ameine, où d'allaigresse promte,
Auec vn ris amer sans auantaige il monte:
Il empoigne vne lance au fer bien aceré,
Son espee on luy donne & son pauois doré:
Puis il se iette aux champs, & pres de Polynice,

D'vne iuste carriere, il entre dans la lice.
Le peuple Agenoree accourt de toutes pars,
Grimpe dessus les tours & dessus les rampars,
Tout le monde lamente, & les larmes coulantes
Arrosent d'vn chacun les faces blesmissantes.

IOC. Helas ! ma fille helas ! que faisoyent lors nos pleurs?
Que ne larmoyons-nous nos aigrissants malheurs?

MESS. Les vieillards recourbez & les meres chenues
Outrageant leurs cheueux & leurs poitrines nues,
Pleuroyent d'auoir trainé si longuement leurs iours,
Et se vouloyent, de dueil, precipiter des tours.
Deux fois l'vn contre l'autre enuenimez coururent,
Et deux fois rencontrez s'entre-offenser ne peurent:
Polynice à la fin mist le bois dans le flanc
Du roussin d'Eteocle, & le rougit de sang:
Le cheual trebucha d'vne cheute pesante,
Comme quand vn sapin, battu de la tourmente,
S'esclatte par le corps, sur Parnasse le mont,
Et faisant vn grand bruit tombe pié-contre-mont.
Ce cheualier pensa que le fer sanguinaire
De sa lance, eust plongé dans l'aine de son frere,
Saque l'espee au poing, & d'aueugle desir
Court à luy, le voyant sur la terre gesir:
Mais comme le palfroy trop bouillant il tallonne,
Et qu'il volle agité du fer qui l'esperonne,
Vers le pauure Eteocle, il tombe renuersé
Sur le cheual gisant le corps outre-percé.
Ils se leuent sur pieds, & l'espee en la dextre,
Et le pauois luisant dessur le bras senestre,
Se lancent l'vn sur l'autre auec tout leur effort,
Resolus de donner ou receuoir la mort.
La haine & le courroux sous l'armet apparoissent,

La force & la vigueur, en se voyant leur croissent:
Ils roidissent le corps d'vne iambe auancez,
Courbez sur leurs estocs & leurs bras eslancez:
Se tirent coups de poincte, ore par la visiere,
Ore par l'estomac, d'vne addresse guerriere:
S'entre-fouillent au vif, faisant à chaque fois
Le rouge sang couler au trauers du harnois.
Ils cherchent les defauts, decoupent les courrayes,
Se desarment le corps, & se couurent de playes.
Les deux camps arrangez les regardent, douteux
Qui sera le vainqueur de ce combat piteux.
Comme quand deux Sangliers, que l'amour aiguillonne,
Se viennent à choquer aux forests de Dodonne,
Ils s'amassent le corps, horriblement grondans,
Se herissent le poil, escumassent des dens,
Font sonner leur machoire, & de grand' fureur portent
Dans le col ennemy les crochets qui leur sortent,
Se font rougir le ventre: adonques le Pasteur
Qui d'vn coustau les voit, se mussotte de peur,
Fait signe à son mastin des mains & de la teste,
Qu'il se tapisse coy, de crainte de la beste.
Ainsi les deux guerriers, seul à seul bataillant
D'vn courage indomté, s'entre-alloyent chamaillant:
Se ruoyent acharnez coups d'estoc, coups de taille,
Decoupoyent, detranchoyẽt maint plastrõ, mainte escaille,
Se marteloyent le corps, sur l'acier tempestant,
Comme deux forgerons sur l'enclume battant
Vn fer à tour de bras: ils gemissent de peine,
Se rident renfroignez, & en sortent d'haleine.
Ou comme on voit aussi, la gresle craqueter
Sur le toict des maisons, quand l'ireux Iupiter
Contre l'alme Cerés en Esté se colere,

Ou qu'il froisse le chef de Bacchus le bon pere.
A la fin Polynice, à qui les lasches tours
De son frere ennemy se presentent tousiours,
Son exil vergongneux & la foy pariuree,
Se fasche qu'il ait tant contre luy de duree,
Grince les dens de raige, & se tenant tendu,
Entre de pieds, de mains, se iette à corps perdu
Contre son aduersaire, & sa dextre efforcee
A l'espee outrageuse en son corps enfoncee.
Le sang en sort fumeux, comme sur vn autel
Le sang d'vn aigneau fume apres le coup mortel,
Que le prestre sacré dans la gorge luy donne.
Eteocle pallist, deuient foible, & s'estonne
De voir son sang couler d'vne telle roideur:
Il sent glacer son front de mortelle froideur,
Ses genous trembloter, toutesfois il essaye
Auec son peu d'effort, d'apparier sa playe
Sur le corps de son frere: il le suit & resuit,
Et l'autre, en le moquant, se destourne & le fuit.
Ce pendant il se lasse, & n'a plus de puissance
De supporter son corps: il perd toute esperance:
Il tombe renuersé, ses armes font vn bruit,
Et ses yeux sont voilez d'vne effroyable nuit.
Ioc. O miserable femme! Ant. O fille infortunee!
Ioc. O detestable iour! Ant. O maudite iournee!
Mess. Polynice asseuré d'auoir du tout vaincu,
Iette l'espee à bas, à bas iette l'escu,
Se desarme le corps de sa forte cuirasse:
Puis, esleuant au ciel les deux mains & la face,
Rend grace aux immortels d'vne gaye ferueur,
De luy auoir donné ce iourdhuy leur faueur:
Approche d'Eteocle, & pensant qu'il deust estre

Du tout deſanimé, comme il faiſoit paroiſtre,
Luy veut, comme vainqueur, le harnois arracher:
Mais ainſi que, mal-ſage, il vient à ſe pencher,
Courbé deſſur la face, & les genous à terre,
Son frere le guignant, tout le reſte reſerre
De ſa force eſcoulee, & s'animant le cœur
Et les nerfs languiſſants, de ſa vieille rancœur,
Sa vengereſſe eſpee en l'eſtomach luy plante,
Puis vomiſt, treſpaſſant, ſon ame fraudulente.
  Polynice du coup ſe ſentant affoibly,
Et ſon ame nouer dans le fleuue d'Oubly,
Diſt auec vn ſanglot qu'il pouſſa des entrailles:
  Tu vis donc deſloyal, & encores batailles
De ruſe & de cautele: allons allons là bas
Aux lices de Pluton acheuer nos combats.
  A ces mots il tomba ſur le corps de ſon frere,
Meſlant ſon tiede ſang de ſon ſang aduerſaire.
IOC. Dires du creux Tenare élancez-vous ſur moy,
Sur moy qui fay troubler de nature la loy,
Sur moy qui ay produit cette guerre funeſte,
Produiſant ces enfans d'vn execrable inceſte.
  I'ay, malheureuſe, Edipe & d'Edipe conceu:
I'ay mon enfant, ô crime! en ma couche receu,
Mon enfant parricide, & la dextre ay baiſee,
Que mon eſpoux auoit de ſon ſang arroſee.
  Que pouuoit, que deuoit eſtre au monde produit
D'vn execrable Hymen, qu'vn execrable fruit?
Ils ſe ſont maſſacrez d'vne horrible furie:
Des yeux de mon mary la lumiere eſt perie,
Qui non content de fuir la celeſte clarté,
S'eſt de Thebes banny, s'eſt de nous eſcarté.
  A cette heure Creon trouuant le thrône vuide,

Sans peine vsurpera le sceptre Agenoride:
Et nous, sexe imbecille, esclaues seruirons
Sous le ioug d'vn tyran, sinon que nous mourons:
Mais i'aime mieux mourir, encore que tardiue
La mort pour mon bon-heur doresnauant m'arriue:
Et que ie deusse helas! si le ciel l'eust voulu,
Mourir auparauant que mon corps fut polu
Du salle embrassement de vous ma Geniture,
De vous Edipe, autheur des malheurs que i'endure.
  Mais, ô ma chere fille, accompagnez ses pas,
Et ne l'abandonnez iusque au dernier trespas:
Les Dieux ne permettront qu'vn faict si debonnaire
Passe inutilement sans vn iuste salaire.
Vous aurez le guerdon de vostre pieté,
Si dessus les mortels regne la deïté.
  Moy ie m'en vay descendre aux caues Plutoniques,
Pour refraischir les pleurs de nos malheurs antiques.
Ia de long temps ie porte en mon sein douloureux
Ce poignard, pour donter mon destin rigoureux.
Ant. Dieux! qu'est-ce que ie voy! IOC. Vn poignard salutaire.
Ant. Salutaire? & comment? IOC. Pour sortir de misere.
Ant. O Iupiter! ô ciel! que dites vous? bons Dieux!
  Que vous ferez mourir? IOC. Que puis-ie faire mieux?
  Quel remede à mon dueil, à ma langueur extreme,
  Que d'auancer mon iour & mon heure supreme?
  Vien ô vien chere Mort, vien tost me secourir.
Ant. Ie ne permetray pas que vous faciez mourir.
  Ca ce fer, ça ce glaiue, il conuient que ie l'aye.
IOC. Non non ie veux chercher, ie veux trouuer mon Laye
  Au silence d'Erebe. ô Laye, ô mon espoux,
  Ne me refusez point d'errer auecques vous
  Sur les riuages noirs, mon offense est nettie

En vous sacrifiant mon ame pour hostie.
Ant. Hé Madame, pour Dieu, ne me vueillez laisser!
Ioc. Ma fille ne vueillez ma volonté presser.
Ant. C'est pour vous destourner d'vn propos dommageable.
Ioc. Mais pour me destourner d'vn repos profitable.
Ant. Si ie fis iamais rien qui fust à vostre gré,
Si à vous obeir i'ay mon cœur consacré,
Et si mon pere vieil en ses langueurs ie guide,
Ie vous supply laschez cette dague homicide,
Et vostre ame purgez du desir qui l'espoint:
Viuez, viuez Madame, & ne vous tuez point.
Ioc. Au contraire, si onc vostre cœur pitoyable
A vostre pere & moy fut iamais agreable,
Si vous m'auez tousiours obeissante esté,
Ne vueillez maintenant forcer ma volonté.
Ant. Voulez-vous que i'approuue vne chose mauuaise?
Ioc. Voulez-vous reprouuer vn dessein qui me plaise?
Ant. Ie ne vous puis complaire en ce mortel desir.
Ioc. Rien que la seule mort ne me donne plaisir.
Ant. Si la mort vous plaist tant, si cette frenaisie
Est tellement empreinte en vostre fantaisie,
Qu'il vous faille mourir, ie mourray donc aussi.
Descendriez-vous là bas, moy demeurant icy?
Ie ne vous lairray point, ains ie suiuray vostre Ombre,
Sa compagne eternelle en la demeure sombre.
Ioc. Non non, viuez ma fille, & pourquoy mourrez-vous?
Les Dieux sur vostre chef ne dardent leur courroux
Comme sur moy chetiue: & leur douceur, peut estre,
Comme à moy leur rigueur, ils vous feront cognoistre.
Ant. Ie ne veux vous suruiure, ains qu'vn mesme poignard
Vostre cœur & le mien perce de part en part.
Ioc. En la fleur de vos ans? Ant. Laisseroy-ie ma mere?

IOC. Laisserez-vous plustost vostre langoureux pere,
Solitaire, affligé d'incurables ennuis,
Ayant les yeux plongez en tenebreuses nuicts?
Ant. Hé que feray-ie donc? ô l'estrange destresse!
Ie ne puis estre à l'vn que l'autre ie ne laisse:
Si ma mere ie suy, desourdissant mes iours,
Mon pere ie lairray despourueu de secours.
Auquel m'adresseray-ie? auquel auquel, pauurette,
Suis-ie plus attenue & suis-ie plus sugette?
Tous deux ie les honore en vn deuoir egal,
Mais l'vn deux veut mourir, l'autre plorer son mal.
I'aimerois mieux la mort, de tant de maux outree,
Et rien tant que la mort auiourdhuy ne m'agree.
Mais quoy? mon pauure pere en accroistroit son dueil,
Et si ie ne pourrois l'enfermer au cercueil
Son heure estant venue, & ne pourrois encore
Apres les derniers mots ses deux paupieres clore.
Il faut donc, malgré moy, que ie suruiue helas!
Que ie reste apres vous, veufue de tout soulas.
O misere! ô langueur! ô fortune funeste!
  Madame, mon espoir, le seul bien qui me reste
Auec mon chetif pere, estouffez, arrachez
Ce desir de la mort, qu'aux glaiues vous cherchez.
La mort vous est prochaine, attendez sa venue,
Vostre ame ne peut guiere estre en vous retenue:
Elle viendra soudaine, & vostre corps agé
Se verra sans effort de tourments dechargé.
N'auancez-point vostre heure. IOC. Elle est toute arriuee,
Et ia desia sa darde est en mon cœur grauee.
  Dieu des profonds manoirs, qui les ombres des morts
Reçois de toutes parts aux Acherontez bords,
Roy du monde noircy, pren mon ame esploree,

Fuyant auec ce corps la grand' voûte azuree:
Pren mon ame plaintiue & la mets en requoy.
Elle a souffert tousiours depuis qu'elle est en moy,
Elle sort des Enfers sortant de ce haut monde,
Et cherche son repos en la Stygieuse onde.
Vien poignard doucereux, vien en moy te plonger,
Et me fay promptement de ce corps desloger.
Ie tarde trop, craintiue. Ant. Et que voulez-vous faire?
Au secours au secours, elle se veut desfaire.
Vous ne vous turez-pas, ie vous empescheray.
IOC. Ma fille c'est en vain, ie mourray ie mourray,
Laissez moy, laschez-moy, ma mort est resolue:
Ie voy ia de Charon la teste cheuelue
Et les larues d'Enfer, i'entens l'horrible voix
Du chien Tartarean hurlant à trois abois.
Entre glaiue en mon cœur, trauerse ma poitrine,
Et dedans mes rongnons iusque aux gardes chemine:
Adieu ma chere fille, or ie meurs, las! ie meurs,
Soustenez-moy ie tombe. Ant. O malheur des malheurs!
O desastreux encombre! ô Royne miserable!
O lugubre infortune! ô trespas deplorable!
Hé madame, pourquoy me laissez-vous ainsi?
Hé pourquoy mourez-vous que ie ne meurs aussi?
O rigoureux destin! ô Parque trop cruelle!
Las! vos yeux vont noüant en la nuict eternelle:
Vostre vie est esteinte, & vostre esprit dolent
Aux gouffres de Tenare est ores deualant:
Vne froide palleur vous ternist le visage:
Vous ne respirez plus, funebre tesmoignage.
Hé Madame, hé Madame, au moins que i'eusse part
A l'homicide effort de ce rouge poignard.
Larmoyable Erigone, apres tes dures plaintes

Faittes dessur ton pere, & tant de larmes saintes
Qu'au bois de Marathon triste tu respandis,
Indulgente à ton dueil, d'vn licol te pendis.
Ay-ie moins de douleur qu'en souffrit Erigone?
Fut-elle plus piteuse en son cœur qu'Antigone?
Et toutesfois ie vy, ie vy, mais en viuant
Ie porte plus de mal que la mort esprouuant.
Voyla mes deux Germains morts dessur la poussiere,
Ma mere entre mes bras vient d'estre sa meurtriere,
Mon pere erre aueuglé par les rochers segrets,
Remplissant l'air de cris, de pleurs & de regrets:
Nostre peuple est destruit, le sceptre Thebaïde
N'ornera desormais la race Agenoride:
Nous auons tout perdu : ce iour, ains ce moment
Nostre antique lignage accable entierement.
Et ie vy miserable ! helas voire, helas voire!
Mais ie voudrois desia dans le Cocyte boire.
Ie suruy malgré moy, pour ces corps enterrer
De peur que les mastins les aillent deuorer:
Et ie suruis aussi, pour conduire mon pere
Et le reconforter en sa tristesse amere,
L'inhumer de mes mains, son corps enseuelir
Aussi tost que la mort me le viendra tollir:
Autrement autrement de mourir ie suis preste,
Il n'y a que cela qui mon trespas arreste.

Hem. Quoy? ma chere Antigone, aurez-vous à iamais
Vostre esprit angoissé d'vn desastre mauuais?
Ces beaux yeux que i'adore, & qui m'embrasent l'ame,
Arroseront de pleurs leur amoureuse flame?
Quel malheur est-ce là? qui est ce corps gisant
Que vous allez ainsi de larmes arrosant?
Dequoy sert ce poignard en vostre dextre chaste?

Ant. Helas ! c'est nostre Royne, helas ! c'est Iocaste.
Hem. Qui cause ce meschef ? ses deux enfans occis
Sont-ils cause d'auoir ses vieux iours accourcis ?
Ant. De ses fils mes Germains la fortune annoncee
Luy a dans l'estomac cette dague enfoncee,
Encor moitte de sang, & son esprit desclos
Vagabonde poussé de souspireux sanglots.
Suis-ie pas bien perdue ? He. Helas ! ma chere vie,
Vous estes longuement du malheur poursuyuie.
Ie plains vostre desastre : ô que n'est vostre esmoy,
Que n'est vostre douleur toute enclose dans moy.
Vous me naurez le cœur de vos piteuses plaintes,
Ces souspirs gemissants me sont autant d'estreintes:
Appaisez-vous, mon ame, appaisez vos douleurs.
« Vn mort ne reuient pas pour nos dolentes pleurs.
Ant. Puissé-ie tant plorer qu'auec les pleurs ie verse
Mon ame, qu'vn tourment si redoublé trauerse.
He. La mienne donc aussi la puisse accompagner:
Car ie ne veux, mon cœur, iamais vous esloigner.
Tandis que vous viurez ie viuray, mais dés l'heure
Que vous prendra la Parque, il faudra que ie meure.
En vous seule ie vy, sans vous certes sans vous,
Ie trouuerois amer le plaisir le plus doux.
Si vous auez du dueil, i'auray de la tristesse:
Si vous auez plaisir, i'auray de l'allaigresse.
Ant. I'ay perdu tout esbat, ie ne souhaitte plus
Que viure auec mon pere en vn antre reclus.
He. Viuez aux creux deserts de l'Afrique rostie,
Entre les Garamants, viuez en la Scythie,
Sur les Hyperborez, que les vents orageux
Chargent continument de grands monceaux negeux,
I'y viuray comme vous : ny chaleur ny froidure,

Tant que vous y serez, ne me semblera dure.
Ant. Hemon, ie vous supply destournez vostre cœur
De moy pauure esploree, & confite en langueur:
Mon amour est beant apres la sepulture,
Ie n'ay plus de desir que d'vne tombe obscure.
He. Plustost l'ondeux Triton sur la terre naistra,
Et le mouton laineux dedans la mer paistra,
Que i'esteinde l'ardeur que i'ay dans la moüelle
Pour aimer saintement vostre beauté trop belle.
Le iour quand Phebus marche, & la nuict quād les Cieux
Monstrent pour ornement mille astres radieux,
Ie vous ay dans mon ame, & tousiours vostre image
Errant deuant mes yeux me fait vn doux outrage.
Ant. Et ie vous aime aussi : mais mon affection
Se trouble maintenant par trop d'affliction.
Ie n'ay dedans l'esprit que morts & funerailles.
He. Moy i'ay tousiours l'amour cousu dans mes entrailles.
Ant. Que i'ay d'aduersitez! He. Vous en auez beaucoup.
" Communément les maux nous viennent tous au coup.
Mais comme apres l'hiuer le printemps on voit naistre,
Et apres longue pluye vn beau temps apparoistre:
Ainsi quand les malheurs ont sur nous tempesté,
Nous deuons esperer de la prosperité.
Ant. Ie n'ay plus qu'esperer, mes liesses perdues
Ne me sçauroyent helas! estre iamais rendues.
" Quand la mort nous a prins nous ne renaissons pas,
" Nous perdons sans retour ceux qui vont au trespas.
" He. Vn chacun doit mourir, & la Parque felonne
" De ce commun deuoir ne dispense personne.
Si vostre mere agee & vos freres sont morts,
Ce ne sont que d'Atrope ordinaires efforts:
Leur iour estoit venu, comme celuy, peut estre,

Qui doit deuant Minos nous faire comparoistre.
Car s'il plaist à Clothon, à l'instant il faudra
Que soyons le butin de la mort qui viendra.
Ant. Qu'elle vienne couper le filet de ma vie!
Car aussi bien ie suis de ce monde assouuie,
Ie ne vy qu'à regret, & sans mon geniteur
Desia m'eust ce poignard outrepercé le cœur,
Ie fusse auecque vous, ma mere : hé miserable!
Ie n'ay peu ie n'ay peu vous estre secourable:
Ie n'ay peu destourner, ie n'ay peu diuertir
Vostre esprit de vouloir de sa geolle sortir.
Requerez à Pluton que bien tost ie vous suiue,
Et qu'icy, loing de vous, longuement ie ne viue.
Madame, hé que ie baise encore ces doux yeux,
Cette bouche & ce col qui me sont precieux,
C'est la derniere fois que cette main ie touche:
Las helas ! ie ne puis en retirer ma bouche.
He. Mon œil, laissez ces pleurs & ces gemissements,
Car ils ne font sinon rengreger vos tourments.
Qu'on la porte en la ville, à fin qu'on luy procure,
Pour office dernier, Royale sepulture.
C'est desormais, mon cœur, tout le besoing qu'elle a,
Tout ce qu'elle veut plus, c'est vn sepulcre. Ant. Ha là.

Chœur.

TV meurs, ô race genereuse,
Tu meurs, ô Thebaine cité
Tu ne vois que mortalité
Dans ta campagne plantureuse:
Tes beaux coustaux sont desertez,
Tes citoyens sont escartez,
Dont les maieurs veirent esclore

Sous les enseignes de Bacchus,
Les premiers rayons de l'Aurore,
Esclairants les Indois vaincus.
Ils veirent l'odoreux Royaume
Des Arabes industrieux:
Et les coustaux delicieux,
Où les bois distilent le baume.
Ils donterent les Sabeans,
Et les peuples Nabatheans:
Ils veirent la belle contree
Des Perses & des Parthes promts,
Et les bords de l'onde Erythree
Auec les Gedrosiques monts.
Nous, enfans de si preux ancestres,
Sommes presque tous accablez
Par les Argiens assemblez
Pour de nous se rendre les maistres.
L'herbe s'abreuue en nostre sang,
La plaine est changee en estang,
Et de corps Thebains tapissee.
Tout ce qui est peu demeurer
De reste en la ville Dircee
Ne suffist à les enterrer.
Nos chefs aux indontez courages
Trebuchez morts deuant nos murs,
Relaissent aux siecles futurs
De leur vertu maints tesmoignages.
Ils ont meslé leur sang parmi
Le sang Argolique ennemy,
Iettant leur ame auantureuse
A trauers les glaiues pointus,
Sans craindre la tourbe nombreuse

Des

Des Danois, qu'ils ont combatus.
Ils ont receu pareil esclandre:
S'ils nous ont vaillans assaillis,
Nous n'auons eu les cœurs faillis,
Ny les bras gourds à nous defendre.
Ils ne sont pas plus demeurez
De nos soldats en ces guerez,
Que de leur outrageuse armee.
S'ils pensent nous auoir vaincus,
C'est d'vne victoire Cadmee,
Où les vainqueurs pleurent le plus.
Ce qui reste de la bataille
Est malade aux tentes gisant:
Ou n'est en nombre suffisant
Pour assaillir nostre muraille.
Polynice a bien tost suiuy
Son frere, de la mort rauy
Par vne playe mutuelle.
" Il n'est forcenement si grand
" Que d'vne rancueur fraternelle,
" Quand la conuoitise s'y prend.

ACTE IIII.

Antigone. Ismene.

Ant.

MA chere sœur Ismene, auiourdhuy la fortune
Se monstre à nostre race asprement importune.
Quel malheur, ie vous pry', peut vn homme agiter,
Que n'ait versé sur nous l'ire de Iupiter?
Qu'y a-til de cruel, que deuant nos murailles
Ne remarquent nos yeux en tant de funerailles?

Nous auons d'Iocaste enseueli le corps,
Mais nos freres germains sans tombeau gisent morts.
Prenons le soing, ma sœur, de les couurir de terre,
Attendant qu'on leur dresse vn monument de pierre.
Ism. Creon a faict soigneux Eteocle inhumer,
Pour autant qu'on l'a veu pour la patrie armer,
Et qu'il est mort pour elle, auecques mille & mille
Belliqueux nourriçons de la Thebaine ville:
Mais il a defendu que Polynice fust
Transporté de sa place, & que sepulcre il eust,
Comme indigne d'auoir la tombe funerale,
Apres auoir faict guerre à sa ville natale:
Et veut (ô cruel cœur) que les Corbeaux becus
Se gorgent de sa chair & des autres vaincus.
Ant. Que Polynice serue aux bestes de pasture?
Et qu'Eteocle soit conduict en sepulture?
Qu'on ne le pleure point? que le grondeux Charon
Le face errer cent ans sans passer l'Acheron?
" C'est chose trop cruelle. Il faut que toute enuie,
" Tout courroux & rancœur meure auecque la vie.
Ism. Il menace de mort ceux qui contreuiendront
A sa dure defense, & l'enterrer voudront.
Ant. Monstrons nostre bon cœur, & que nostre asseurance
Surmonte de Creon la seuere defense.
" Ism. Que ferons-nous? Il faut au Prince obtemperer.
Ant. Ie voy bien que la peur vous fait degenerer.
Ism. Regardez au danger d'vne telle entreprise.
Ant. En vn affaire tel vous estes trop remise.
Aduisez s'il vous plaist de venir auec moy.
Ism. Ie ne veux transgresser l'ordonnance du Roy.
" Ant. D'vne ordonnance iniuste il ne faut tenir compte.
Ism. Mais au contreuenant la peine est toute prompte.

« Ant. Iamais sans grand danger rien de beau ne se voit.
« Ism. Où le danger paroist, entreprendre on ne doit.
« Ant. Trop couard est celuy qui point ne se hasarde.
Ism. I'aime mieux n'auoir mal, & vous sembler couarde.
Ant. Regardez derechef si me voulez aider.
Ism. Ie vous pry' meurement vous mesme y regarder.
Ant. Puisque vous ne voulez, i'iray donc toute seule.
Ism. I'ay grand' crainte, ma Sœur, qu'en fin il vous en deule.
Ant. Aduienne que pourra, i'ay cela resolu.
Ism. I'irois fort volontiers si Creon l'eust voulu.
Ant. Ie ne veux pas trahir les manes de mon frere.
Ism. Il est mon frere aussi, mais ie ne puis que faire.
An. Pourquoy ne pouuez-vous? Is. Pour Creon que ie crains.
Ant. Il ne peut empescher de faire actes si saints.
Ism. Considerez ma Sœur nostre sexe imbecile,
Aux perilleux desseins de ce monde inhabile,
Considerez nostre âge, & repensez encor
Qu'il ne reste que nous du tige d'Agenor.
Nous sommes sans secours, l'antique bien-vueillance
Du peuple s'est tournee auecques la puissance.
Creon est obey, qui, tyran, voudroit bien
Deraciner du tout nostre nom ancien.
« Il faut suiure des grands le vouloir qui nous lie:
« Faire plus qu'on ne peut est estimé folie.
Ant. Ne bougez donc ma Sœur, ne vous auanturez,
Seule dans la maison en repos demeurez:
Moy ie ne souffriray qu'vne Louue gourmande
Du corps de mon Germain à plaisir s'auiande.
Ie l'enseueliray, deussé-ie les efforts
En mes membres souffrir de mille & mille morts:
Ie ne refuseray de souffrir tout outrage,
Tout angoisseux tourment, pour vn si saint ouurage.

Apres que i'auray faict, ie n'auray point de dueil
D'estre auecque luy mise en vn mesme cercueil:
Vous en requoy viuez, viuez tousiours heureuse.
Ism. Ie ferois comme vous, mais ie suis trop peureuse.
Ant. Cette peur vous prouient de faute de bon cœur.
Ism. Ce n'est pas de cela que procede ma peur.
Ant. Dequoy donc ie vous pry? Ism. D'vne foible nature,
Qui reuere les loix. Ant. La belle couuerture!
Et bien bien ne bougez, ie vay l'enseuelir.
Ism. Hé Dieux, où allez-vous? vous me faites pallir,
Ie n'ay poil sur le chef qui d'effroy ne herisse.
Ant. Ie vay sepulturer mon frere Polynice.
Ism. Aumoins gardez-vous bien de vous en deceler:
Quant à moy, ie n'en veux à personne parler.
Ant. Parlez-en à chacun, ie veux bien qu'on le sçache.
« Il ne faut que celuy qui ne fait mal, se cache.
Ism. Que vous estes ardente à vous brasser du mal.
Ant. Mal ou bien, il aura son honneur funeral.
Ism. Ouy bien si vous pouuez, mais ce n'est chose aisee.
Ant. Y taschant, ie seray du surplus excusee.
« Ism. Ce que l'on ne peut faire entreprendre on ne doit.
« Ant. Entreprendre il nous faut tout ce qui est de droit.
« Ism. Le droit est d'obseruer ce que le Roy commande.
« Ant. Voire, & de faire bien, encor qu'il le defende.
Ism. Mais il a Polynice ennemi declaré.
Ant. Apres qu'il s'est, tyran, de son sceptre emparé.
Ism. Ie vous supply laissez cette emprise douteuse,
Pour vn qui ne vit plus. Ant. Que vous estes fascheuse!
Laissez moy, ie vous prye, en ma temerité.
Vostre propos ne m'est qu'vne importunité.
Mon dessein est louable, & ne m'en peut ensuiure
Autre mal, que me voir de mes langueurs deliure

Par vne belle mort, qui des tombeaux obscurs,
Fera voler mon nom iusque aux siecles futurs.
Ism. Or allez de par Dieu, le bon heur vous conduise,
Et tourne à bonne fin vostre sainte entreprise.

Chœur.

LE Ciel retire de nous
Son courroux,
Et nous est ores propice:
Nous deuons pour le bienfait
Qu'il nous fait
Aux Immortels sacrifice.
De nos murs ils ont eu soing
Au besoing,
La main ils nous ont tendue:
Nostre cité ne fust point
En ce poinct,
S'ils ne l'eussent defendue.
Qui eust Capanee estant
Combattant
Sur la breche démuree,
Bouleuersé mort à bas,
Sans le bras
Du foudroyant fils de Rhee?
Sous l'escu, qui le targoit,
Se mocquoit
Des feux & fleches volantes,
Que lançoyent de toutes pars
Nos soudars
Sur ses armes flamboyantes.
Il les alloit en passant
Terrassant,

Comme vn Sanglier qui trauerse
Quelques escadrons mutins
De mastins,
Qu'il abat à la renuerse.
Ou comme dedans vn pré
Diapré
Le faucheur fait tomber l'herbe,
Et les espics trebuchants
Par les champs,
Qu'il entasse en mainte gerbe.
Quand Iupiter l'auisant
Destruisant
Thebes de son malheur preste,
Print son rouge foudre en main,
Et soudain
Luy en escrasa la teste.
Voyant Amphiare aussi
Sans merci
Nous faire vn mortel esclandre,
Le fist pour nous garantir
Engloutir
Et vif aux Enfers descendre.
Ainsi des bons Dieux sauueurs
Les faueurs,
Et non la prouesse humaine,
Nous ont gardé maintenant,
Soustenant
La pauure ville Thebaine.
« Aux Dieux l'on trouue tousiours
« Du secours:
« Ils president aux batailles,
« Ils repoussent les efforts

« Des plus forts,
« Et preseruent nos murailles.
A iamais leur soit l'honneur
Du bonheur
Qu'ils nous donnent de leur grace,
Que tous les ans au retour
De ce iour
Vn sacrifice on leur face.
Nos ennemis foudroyez,
Effroyez,
Courent eslancez de crainte:
Laissant par ces rudes monts:
Vagabonds,
De leur sang la terre teinte.
Ils n'ont enterré les corps
De leurs morts,
Tant la froide peur les presse:
En danger que des Vautours
Et des Ours
La gloute faim s'en repaisse.
Ils marchent sans estendars
Tous espars:
Ils n'osent leuer la teste.
Enuergongnez de se voir
Receuoir
La perte au lieu de conqueste.

Creon. Chœur de vieillards. Les Gardes du corps de Polynice. Antigone. Ismene. Hemon.

Cr.

GRace aux Dieux Immortels qui de nous ont eu soing,
Et nous ont de faueur assistez au besoing,

Nos ennemis rompus se sont iettez en fuitte,
Quittant honteusement nostre terre destruitte.
La campagne sanglante est couuerte de morts:
Cephise va pourprant ses riuages retorts
De diuers sang meslé, qui colore ses ondes,
Ainsi que fait Cerés ses cheuelures blondes.
Ils auoyent amené les peuples Argiens,
Les troupes de Megare, & les Myceniens:
Les bandes d'Achaïe à nos murs se camperent,
Et d'innombrables dards nos tours espouuanterent.
Adraste leur grand Roy s'estoit desia promis
De voir son Polynice en son thrône remis,
Pour commander de force, & presser de seruage
Le peupe Ogygien, d'indontable courage.
Mais luy mesme, tombant, a la terre mordu:
Luy mesme reste mort sur la plaine estendu:
Les corbeaux se paistront de sa chair, qui n'est digne
Du tombeau de Cadmus, dont le mechant forligne.
Il a, plein de fureur, son peuple guerroyé,
Et de flamme & de fer le païs foudroyé:
Son nom doit estre infame à la race future,
Et son corps execré pourrir sans sepulture.
Or moy, comme celuy, qui plus proche de sang
Du malheureux Edip', viens regner en mon rang,
I'ay par public edict faict expresse defense
D'inhumer ce mechant: qu'aucun ne s'y auance,
Que nul ne contreuienne à ma seuere loy,
S'il ne veut esprouuer le colere d'vn Roy.
Ie iure par le ciel qui ce monde enuironne,
Par cet honoré sceptre, & par cette couronne,
Que si aucun Thebain i'y voy contreuenir,
Sans espoir de pardon ie le feray punir,

« Fust-il mon enfant propre. Vne ordonnance est vaine,
« Si l'infracteur d'icelle est exempt de la peine.
I'ay des gardes assis sur les coustaux d'autour,
Qui les corps ennemis veilleront nuict & iour.
Car quant aux citoyens qui ont vomy leur vie,
Combattant auiourdhuy pour leur chere patrie,
Ie veux qu'on les regrette, & qu'en publiques pleurs
Les ensepulturant lon chante leurs valeurs.
Ch. Vous voulez qu'vn chacun ait son iuste sallaire:
Les vns de faire bien, les autres de mal faire.
« Cr. Toute principauté en repos se maintient,
« Quand on rend à chacun ce qui luy appartient.
« Il faut le vicieux punir de son offense,
« Et que l'homme de bien le Prince recompense.
« La peine & le loyer sont les deux fondemens,
« Les deux fermes pilliers de tous gouuernemens.
Ch. Vous plaist il commander encores quelque chose?
Cr. Qu'à garder mon edict vn chacun se dispose.
Ch. Qui sera si hardy, qui pour vn homme mort
S'aille mettre en danger de receuoir la mort?
Cr. Il se trouue tousiours des Citoyens rebelles.
Ch. Ie n'en cognois aucuns, qui ne vous soyent fidelles.
Gar. Vous viendrez, vous viendrez. Ant. Ie n'y recule pas.
Ch. Quelle Dame est-ce la qu'ils tiennent par les bras?
C'est la pauure Antigone: ha fille miserable!
Vous auez volontiers esté trop pitoyable.
Cr. Amenez, attrainez: vous estes gens de bien.
Où l'auez-vous surprise? Gar. Auec le frere sien.
Cr. Auecques Polynice? Gar. En le couurant de terre.
Ch. Qu'vn obstiné malheur cette maison atterre!
Cr. Par les Dieux vous mourrez: mais dites moy cõment
Me l'auez vous surprise en cet enterrement?

Gar. Nous estions à l'escart derriere ces collines,
De peur que l'air des corps ne vint à nos narines,
Dessous l'abry du vent, regardans soucieux
Qu'aucun ne vint rauir ce corps tant odieux:
Quand nous apperceuons ceste fille esploree
Portant en vne main vne paele ferree,
Vn riche vase en l'autre, approcher du corps mort:
Et sur luy se ruant auec grand deconfort,
Faire mille regrets, mille piteuses plaintes,
Qui les Tygres des bois eussent aux pleurs contraintes.
Sa lamentable voix resonnoit tout ainsi
Que celle d'vn oyseau, de tristesse transi,
Qui dans son nid portant l'ordinaire bechee,
Ne trouue plus dedans sa petite nichee.
Quand elle eut quelque temps ses desastres ploré,
Et les playes du mort de baisers honoré,
Fist ses effusions, propitiant les Manes,
Et les noms inuoquant des vierges Stygianes.
Puis le vase laissant, la paele print en main,
Et du sable plus sec luy empoudra le sein.
Adonc nous accourons sans dauantage attendre,
A fin de la pouuoir en ce delict surprendre,
Et la mettre en vos mains: Mais sans s'espouuanter
Elle se vint à nous franchement presenter,
Confessant librement le sepulcral office
Qu'elle desiroit faire au corps de Polynice.
Elle m'en fait pitié: mais le deuoir m'enioint
De vous conter le faict, & ne le taire point.
Cr. Est-il vray? auez-vous cette faute commise?
Y auez vous esté par ces Gardes surprises?
Leuez les yeux de terre, & ne desguisez rien.
An. Ce qu'ils ont dict est vray. Cr. Ne sçauiez-vous pas biẽ

Qu'il estoit defendu par publique ordonnance?
Ant. Ouy ie le sçauois bien, i'en auois cognoissance.
Cr. Qui vous a donc esmeu d'enfreindre cette loy?
Ant. L'ordonnance de Dieu, qui est nostre grand Roy.
« Cr. Dieu ne commande pas qu'aux loix on n'obeisse.
« Ant. Si fait, quand elles sont si pleines d'iniustice.
« Le grand Dieu qui le Ciel & la Terre a formé,
« Des hommes a les loix aux siennes conformé,
« Qu'il nous enioint garder, comme loix salutaires,
« Et celles reietter qui leur seront contraires.
« Nulles loix de Tyrans ne doiuent auoir lieu,
« Que lon voit contredire aux preceptes de Dieu.
Or le Dieu des Enfers qui aux Ombres commande,
Et celuy qui preside en la celeste bande,
Recommandent sur tout l'humaine pieté:
Et vous nous commandez toute inhumanité.
Non non ie ne fay pas de vos loix tant d'estime
Que pour les obseruer i'aille commettre vn crime,
Et viole des Dieux les preceptes sacrez,
Qui naturellement sont en nos cœurs ancrez:
Ils durent eternels en l'essence des hommes,
Et nez à les garder dés le berceau nous sommes.
Ay-ie deu les corrompre? ay-ie deu ay-ie deu
Pour vostre authorité les estimer si peu?
Vous me ferez mourir, i'en estois bien certaine,
Mais la crainte de mort en mon endroit est vaine,
Ie ne souhaitte qu'elle en mon extreme dueil.
« Quiconque ha grands ennuis desire le cercueil.
Quoy? eussé-ie, Creon, violentant nature,
Souffert mon propre frere estre des Loups pasture
Faute de l'inhumer, comme il est ordonné?
Mon frere, frere vniq, de mesme ventre né?

I'eusse offensé les Dieux aux morts propitiables,
Et les eusse vers moy rendus impitoyables.
Ch. Cette pauure Antigone en sa misere faut:
Pour sa condition elle ha le cœur trop haut.
" Cr. La puissance du Prince asseruist les rebelles,
" Et les contraint ployer dessous ses loix nouuelles.
Cette cy seulement ma defense n'enfreint:
Mais comme si l'enfreindre estoit vn œuure saint,
Elle s'en glorifie, & d'impudente audace
Maintient auoir bien-faict, mesmes deuant ma face:
Se rit de ma puissance, & pense volontiers
Que pour le vain respect des Roys ses deuanciers,
Elle n'y soit sugette, & que sa felonnie,
Que sa proteruité luy doiue estre impunie.
Mais ores qu'elle soit sœur & fille de Roy,
De ma sœur engendree, & soit niepce de moy,
Ie la feray mourir, & sa sœur auec elle,
Si ie trouue sa sœur estre de sa cordelle.
Qu'on la face venir: car naguiere à la voir,
I'ay creu qu'elle deuoit en son esprit auoir
Quelque grand pensement, tant elle estoit esmeue.
" Souuent nostre segret se decouure à la veue:
Ant. Vous ne pouuez au plus que me faire tuer.
Cr. Et aussi ie ne veux rien plus effectuer.
Ant. Qu'attẽdez-vous donc tãt? qu'est-ce qui vous retarde?
Cr. Sera quand ie voudray: car rien ne m'en engarde.
Ant. Il m'est à tard d'auoir mon destiné trespas.
Cr. Il ne tardera guere, il auance ses pas.
Ant. Ie mourray contre droit pour chose glorieuse.
Cr. Vous mourrez iustement comme vne audacieuse.
Ant. Il n'est personne icy qui n'en eust faict autant.
Cr. Il n'est personne icy qui l'ait voulu pourtant.

Ant. S'ils parloyent librement ils louroyent mon emprise.
Cr. Qui les empescheroit d'en parler sans feintise?
Ant. La crainte d'offenser vn tyran animeux.
Cr. Pourquoy ne craignez-vous de l'offenser comme eux?
Ant. Pour ne craindre la mort, remede à ma misere.
Cr. Le mespris de la mort vous incite à mal-faire.
« Ant. Ce n'est mal d'inhumer son frere trespassé.
Cr. Ouy bien si vous n'eussiez mes edicts transgressé.
Ant. Mais la loy de nature & des Dieux est plus forte.
Cr. Vous n'auez honoré l'autre de mesme sorte.
Ant. De mon autre germain vous auez eu souci.
Cr. Et si ie ne l'eusse eu? Ant. I'en eusse fait ainsi.
Cr. Cettui-cy sa patrie a saccagé par guerre.
Ant. Le tort est prouenu de sa natiue terre.
Cr. D'y auoir amené nos mortels ennemis?
Ant. De poursuiure ses droits à chacun est permis.
Cr. Ie poursuiuray les miens encontre vous rebelle.
Ant. Ie n'ay rien entrepris que d'amour naturelle.
Cr. D'aimer nos ennemis à nul il n'appartient.
Ch. Voicy venir Ismene. Cr. Où est-elle? Ch. Elle vient:
En ondoyantes pleurs le visage luy noue,
Qui luy vont effaçant le vermeil de sa ioue.
Hà fille que i'ay peur! Cr. Les voicy, les serpens,
Les pestes, que i'auois plus cher que mes enfans.
Auez-vous consenti à cette sepulture?
Ism. Ouy certes, Creon, c'est moy qui la procure.
S'il y a du peché, s'il y a du mesfaict,
Seule punissez moy, car c'est moy qui l'ay faict.
Ant. Non non elle vous trompe, elle en est innocente,
Et ne doit à ma peine estre participante:
Elle n'en a rien sceu, non ne la croyez pas.
Ism. I'y allois apres elle, & la suiuois au pas.

Ant. Si ie luy eusse dict, elle m'eust decelee.
Ism. Au contraire sans moy elle n'y fust allee.
Ant. Elle n'a pas, Creon, le courage assez fort.
Ism. Ie vous ay incitee à ne craindre la mort.
Ant. Elle veut auoir part à ma gloire acquestee.
Ism. Vous me voulez tollir ma gloire meritee.
Ant. C'est à fin de mourir qu'elle dit tout cecy.
Ism. Mais c'est pour me sauuer que vous parlez ainsi.
Ant. Et pourquoy voulez-vous sans merite me suiure?
Ism. Et pourquoy voulez-vous me contraindre de viure?
Ant. Vueillez plustost ma sœur vos beaux iours prolonger.
Ism. Pourquoy donc voulez-vous les vostres abreger?
Ant. Ie ne me iette pas comme vous au supplice.
Ism. Vous y estes iettee enterrant Polynice.
Ant. I'ay mieux aimé mourir, que faillir au deuoir
Que viuants il nous faut des trespassez auoir:
Ie seray par la mort de tous ennuis deliure.
Ism. Ah que i'auray de mal s'il me faut vous suruiure.
Cr. Ie croy que cette fille a son esprit troublé.
Ism. Vn esprit, ô Creon, d'amertumes comblé
N'est raßis comme lors que le bon-heur le meine.
Cr. Vous l'auez bien perdu de courir à la peine.
Ism. Sans elle ie ne puis viure qu'en desplaisir.
Cr. Quant à elle, bien tost la mort l'ira saisir.
Ism. Celle qu'à vostre fils vous auez accordee?
Cr. Sa peine pour cela ne sera retardee.
Ism. Au bien de vostre fils n'aurez-vous autre esgard?
Cr. Ie prendray pour mon fils vne femme autre part.
Ant. Voyez mon cher Hemon combien on vous estime!
Cr. Il n'aura point de femme, où se trouue aucun crime.
Ism. Le crime qu'elle a faict n'est que de pieté.
Cr. Elle n'a qu'entrepris sur mon authorité.

Ism. Le voulez-vous priuer d'vne si chere amie?
Cr. Ouy, fust elle son cœur & son ame demie.
Ism. Elle est fille, elle est sœur, elle est niepce de Rois.
Cr. Le fust-elle des Dieux, elle est sugette aux loix.
Ism. Auecques vostre fils elle est en fiançailles.
Cr. Elle ira chez Pluton faire ses espousailles.
Ism. O cruauté felonne! ô fiere immanité!
Cr. Gardez-vous d'encourir mesme infelicité.
Ism. Ie ne crains d'vn Tyran les iniustes coleres.
Cr. Prenez les toutes deux, prenez ces deux viperes,
Et me les enfermez, ie leur feray sentir
Combien de me fascher on a de repentir.
Ch. Voicy le pauure Hemon vostre enfant debonnaire,
Ternissant de chagrin l'air de sa face claire:
Il monstre estre bien triste, & auoir dans le cœur,
A le voir souspirer, vn extreme langueur.
C'est volontiers l'effect d'vne amour desbordee,
De se voir defraudé de sa douce accordee,
Il la plaint. Or l'oyant ainsi deconforter
Ie pense qu'il ne peut son malheur supporter.
He. Que tu meures, ma vie, & qu'on t'oste, mon ame,
A mon cœur qui ne vit que de ta douce flame?
Que tu meures sans moy, que sans moy le trespas
Te meine chez Pluton & ie n'y voise pas?
Que ie viue sans toy, que mon ame esploree
Soit absente de toy, soit de toy separee?
Non non ie ne sçaurois: quiconque t'occira,
De ta cruelle mort la mienne apparira.
Cr. Mon fils, auez-vous sceu la sentence donnee
Contre vostre Antigone, à la mort condamnee?
He. On me l'a dit mon pere, & en porte vn grand dueil.
Cr. Ne vous voulez-vous pas conformer à mon vueil?

He. Mon pere ie vous veux complaire en toute chose.
Ie n'ay aucun vouloir qui sur vous ne repose.
" Cr. C'est parler comme il faut : vn debonnaire enfant
Ne s'affecte à cela que son pere defend.
C'est pourquoy des enfans tout le monde desire,
Qui n'aillent, arrogans, leurs peres contredire,
Comme on en voit aucuns qui ne prennent plaisir
Que d'auoir à leur pere vn contraire desir.
Gardez-vous, mon enfant, que l'amour d'vne femme
Mortifere poison, par trop ne vous enflamme:
" C'est vn mal où vostre âge est volontiers enclin,
Mais auec la raison destrempez ce venin.
Dontez cette fureur, de peur qu'elle maistrise
D'vn reprochable ioug vostre ieune franchise.
" Vne femme méchante apporte bien du mal
" A celuy qu'elle estreint d'vn lien coniugal:
Telle qu'est cette-cy, qu'aux tenebres i'enuoye
Du nuiteux Acheron, priué de toute ioye.
N'y mettez vostre cœur, souffrez qu'au lieu de vous
Elle voise là bas chercher vn autre espoux.
C'est vne audacieuse, vne fille arrogante,
A qui nostre grandeur est au cœur desplaisante.
" Si est-ce qu'il n'est rien qui soit tant perilleux
" A l'estat d'vn grand Roy, qu'vn suget orgueilleux,
" Qu'vn suget contumax, qui sans fin s'euertue
" D'enfreindre & d'auilir tout ce que lon statue.
He. Il est vray : mais souuent autre est l'intention
" D'vn suget, qu'il ne semble à nostre opinion.
" Tel forfait griefuement, qui forfaire ne pense.
" La plus part des delicts se fait par imprudence.
Cette Vierge exerçant vn pitoyable faict
A contre son vouloir à vos edits forfaict.

Chacun

Chacun en a pitié, toute la cité pleure,
Qu'vne Royale fille innocentement meure
Pour vn acte si beau, que l'on deust premïer,
Comme vn faict de vertu, d'honorable loyer.
Quel mal (ce disent-ils) a faict cette pauurette,
De vouloir inhumer la charoigne muette
De son frere defunct, apres l'auoir ploré,
Pour n'estre des Corbeaux ny des Loups deuoré?
Voyla qu'on dit de vous sans vous le faire entendre:
Car craignant vous desplaire on ne l'ose entreprendre.
« Communément vn Roy ne sçait que ce qui plaist,
« Que choses de son goust, car le reste on luy taist.
Mais moy qui, vostre enfant, sur tous autres desire
Que long temps en honneur prospere vostre empire:
Qui sans feinte vous aime, ouuertement ie vien
Vous conter la rumeur du peuple Ogygien.
Conformez vostre esprit à la raison maistresse,
Et qu'à la paßion surmonter ne se laisse.
Ne ressemblez à ceux, qui pensant tout sçauoir,
Ne veulent le conseil d'vn autre receuoir.
« Ce n'est point deshonneur à vn Prince bien sage,
« D'apprendre quelquesfois d'vn moindre personnage,
« Et suiure son aduis, s'il le conseille bien,
« Sans par trop s'obstiner & arrester au sien.
Cr. Penses-tu que de toy ie vueille conseil prendre?
Et en l'age où ie suis tes preceptes apprendre?
« He. Il ne faut la personne, ains la chose peser,
« Et selon qu'est l'aduis le prendre ou refuser.
Cr. C'est vn braue conseil, que les mechants i'accueille.
He. D'accueillir les mechants aucun ne vous conseille.
Cr. Tu veux que ie pardonne à ceste peste icy.
He. Sa faute est bien legere & digne de mercy.

Cr. D'enterrer vn mechant est-ce chose legere?
Vn ennemy publicq'? He. Voire mais c'est son frere.
Cr. Corrompre mes Edits? m'auoir en tel mespris?
He. De corrompre vos loix ell' n'auoit entrepris.
Cr. Ie luy feray porter de son orgueil la peine.
He. Ce ne sera l'aduis de la cité Thebaine.
Cr. Qu'ay-ie affaire d'aduis? telle est ma volonté.
He. N'estes-vous pas suget aux loix de la cité?
Cr. Vn Prince n'est suget aux loix de sa prouince.
He. Vous parlez d'vn tyran, & non pas d'vn bon Prince.
Cr. Tu veux que mes suiets me prescriuent des loix.
« He. Ils doiuent obeir à celles de leurs Rois,
« De leurs Rois leurs seigneurs, qu'il faut aimer et craindre,
« Mais qui ne doiuent pas leurs propres loix enfreindre.
Cr. Il a soing d'vne femme, & la sert au besoing.
He. Femme vous estes donc: car de vous seul i'ay soing.
Cr. Oses-tu, malheureux, à ton pere debatre?
He. I'ose pour l'equité l'iniustice combatre.
Cr. Iniuste te semblé-ie en defendant mes droits?
He. Iniuste en ordonnant des tyranniques loix.
Cr. Tu es bien abesty des fraudes d'vne femme.
He. Ny fraude ny cautele Antigone ne trame.
Cr. Tu ne la verras plus, son iour fatal est pres.
He. Elle ne mourra pas qu'vn autre n'aille apres.
Cr. Il me menace encore, ô l'impudente audace!
He. Ie ne suis pas si fol que d'vser de menace.
Cr. Esclaue effeminé, si tu me fasches plus
Ie t'enuoyray gronder aux infernaux palus.
He. Vous voulez donc parler & n'entendre personne.
Cr. I'atteste Iupiter, qui de foudres estonne
Les rochers Capharez, que la punition
Tallonnera de pres cette presomption.

Sus, qu'on m'ameine tost ceste beste enragee,
Qu'aux yeux de ce galand elle soit esgorgee.
He. Il n'en sera rien faict : ie mourray mille morts
Plustost qu'en ma presence on outrage son corps.
Vous ne me verrez plus : exercez vostre rage
Sur ceux qui patiens endurent tout outrage.
Ch. Il sort d'vn pas leger, picqué d'ire & d'amour.
I'ay grand' peur qu'il proiette à faire vn mauuais tour.
Cr. Face ce qu'il voudra, qu'il tonne, qu'il tempeste,
Qu'il face l'orgueilleux, qu'il eleue la teste
Encontre moy son pere, il n'exemptera pas
Cette vipere icy du destiné trespas.
Ch. C'est vn honneste amour, qui son ame bourrelle.
Cr. Il luy doit preferer la crainte paternelle.
Ch. Il n'est rien qui ne cede à cette passion.
Cr. Si ne m'en doit-il moins porter d'affection.
Ch. A quel genre de mort l'auez-vous condamnee?
Cr. En vn obscur desert elle sera menee,
Sauuage, inhabité, puis sous vn antre creux
On l'enfermera viue en vn roc tenebreux.
Ie luy feray bailler quelque peu de viande,
Dequoy ayant repeu, que la mort elle attende,
Et requiere à Pluton, qu'elle adore sur tous,
Qu'il luy vueille donner vn trespassement doux.
Elle apprendra combien c'est vne chose vaine
De faire honneur aux Dieux de l'infernale plaine.

Chœur.

« LEs Dieux qui de là haut
« Sçauent ce qu'il nous faut,
« Nous donnent la Iustice:
« Pour d'vn propre loyer,

« Le bien salarier,
« Et reprimer le vice.
« Mortels, nous n'auons rien
« Sur ce rond terrien,
« Qui tant nous soit vtile,
« Que d'obseruer les loix,
« Dont nos paisibles Rois
« Gouuernent vne ville.
« La Iustice nous fait
« Viure vn age parfait
« En vne paix heureuse:
« Les bons elle maintient,
« Et des mechants retient
« La main iniurieuse.
« Par elle l'estranger
« Voyage sans danger:
« Par elle l'homme chiche
« Conserue son argent:
« Par elle l'indigent
« N'est opprimé du riche.
« Elle rend vers les Dieux
« L'homme religieux:
« C'est elle que la veufue
« Et le foible Orphelin
« Destiné pour butin,
« A sa defense treuue.
« La mere en seureté
« Garde la chasteté
« De sa fille par elle:
« Monstrant au rauisseur
« Le tourment punisseur
« D'vn forceur de pucelle.

« Mais le vice tortu
« Imite la vertu
« De telle ressemblance,
« Que, ne l'apperceuant,
« Nous ne voyons souuent
« Des deux la difference.
« Le bon chemin est droict,
« Mais tellement estroict
« Que souuent on deuoye,
« Entrant dans les chemins
« Des deux vices voysins,
« De cette droicte voye.
« Car celuy maintefois
« Qui de cruelles loix
« Vne cité police,
« Par sa rigueur mesfait
« Plus que celuy ne fait
« Dont il punist le vice.
« Pource que d'Equité
« Prenant l'extremité,
« De sa route destourne
« Aussi bien que celuy,
« Qui dissemblable à luy,
« Surpasse l'autre bourne.
Creon a vrayment tort,
De liurer à la mort
Cette vierge royale.
Il pense tesmoigner
Pour les siens n'espargner
Qu'il fait iustice egale.
Mais le crime n'est tel
Qu'il doiue estre mortel

A sa bru & sa niepce,
Les amours dedaignant
De son fils se plaignant
D'vne telle rudesse.

Antigone. Chœur de filles.

Ant.

VOyez mes Citoyens qui Thebes habitez,
Le supreme combat de mes aduersitez:
Voyez mon dernier mal, ma torture derniere,
Voyez comme on me meine en vne orde taniere,
Pour y finir mes iours : voyez helas ! voyez,
Pour mes derniers repas les viures octroyez:
Voyez les durs liens qui les deux bras me serrent:
Voyez que ces bourreaux toute viue m'enterrent:
Voyez qu'ils vont mon corps en vn roc emmurer,
Pour auoir mon germain voulu sepulturer.
Vne fille royale on liure à la mort dure,
On me condamne à mort sans autre forfaiture.
Ch. *Consolez-vous, ô vierge, & ne vous affligez,*
D'vn magnanime cœur vos tourments allegez:
Vous n'irez sans louange en cet antre funebre:
Vostre innocente mort viura tousiours celebre,
L'on parlera tousiours de vostre pieté.
Chaque an lon vous fera quelque solennité
Comme à vne Deesse, & de mille cantiques
Le peuple honorera vos Ombres Plutoniques.
Ant. *O fontaine Dircee ! ô fleuue Ismene ! ô prez !*
O forests ! ô coustaux ! ô bords de sang pourprez!
O Soleil iaunissant, lumiere de ce monde!
O Thebes, mon païs, d'hommes guerriers feconde,

Et maintenant fertile en dure cruauté,
Contrainte ie vous laisse & vostre royauté!
Adieu Thebes, adieu : l'austere maladie
De ses palles maigreurs n'a ma face enlaidie,
Les cousteaux on ne vient en ma gorge plonger,
Et toutesfois la mort me contraint deloger.
Ch. Heureuse est vostre mort terminant les miseres
Qui ont accompagné vos Labdacides peres,
Iusque à vous miserable, & depuis le berceau
Vous ont iointe tousiours iusque au pied du tombeau.
Ant. Que fera desormais la vieillesse esploree
De mon pere aueuglé, d'auec moy separee?
Que ferez-vous ? helas! qui vous consolera?
Qui conduira vos pas, & qui vous nourrira?
Hà ie sçay que bien tost sortant de ma cauerne,
Ie vous verray mon pere au profond de l'Auerne!
Vous ne viurez long temps apres mon triste sort,
Cette nouuelle icy vous hastera la mort.
Ie vous verray ma mere esclandreuse Iocaste,
Ie verray Eteocle, & le gendre d'Adraste,
Nagueres deualez sur le noir Acheron,
Et non passez encor' par le nocher Charon.
Adieu brigade aimee, adieu cheres compagnes,
Ie m'en vay lamenter sur les sombres campagnes:
I'entre viue en ma tombe, où languira mon corps
Mort & vif, esloigné des viuans & des morts.
Ch. O desastre cruel ! ô fiere destinee!
O du vieillard Creon ire trop obstinee!
Vienne la mort soudaine & de son heureux dard
Nous trauerse en ce lieu toutes de part en part.
Ant. Voicy donc ma prison, voicy donc ma demeure,
Voicy donc le sepulchre où il faut que ie meure!

Ie ne veux plus tarder, il faut entrer dedans.
Adieu luisant Soleil, adieu rayons ardans,
Adieu pour tout iamais ! car dans ce pleureux antre,
Mon supreme manoir, iamais ta clairté n'entre.
Adieu mon cher Hemon, vous ne me verrez plus,
Ie m'en vay confiner en cet antre reclus:
Souuenez vous de moy, que la mort on me donne,
Qu'on me liure à la mort pour auoir esté bonne.
Vous degoutez de pleurs, vos yeux en sont noyez,
Ne larmoyez pour moy, mes Sœurs, ne larmoyez.
Pourquoy sanglottez-vous ? pourquoy vos seins d'albâtre
Allez-vous meurtrissant de force de vous battre?
Adieu mes cheres Sœurs, ie vous fay malaiser,
Ie ne veux plus de vous que ce dernier baiser.
Adieu mes Sœurs, adieu, trop long temps ie retarde
De mes piteux regrets la mort qui me regarde.

Ch. Ha que nos iours sont pleins
D'esclandres inhumains!
Hé Dieux que de trauerses!
Que d'angoisses diuerses!
Que nos cheueux retorts
Sortent flotans dehors:
Que nos faces soyent teintes
De sanglantes atteintes.
Que nostre sein ouuert
Soit d'vlceres couuert,
Que le sang en degoutte,
Et tombe goutte à goutte.
Que sans cesse les pleurs
Humectent nos douleurs,
Que iamais ils ne cessent,
Et l'vn sur l'autre naissent.

Que ces coustaux segrets
Resonnent de regrets,
Et ces roches cornues
De plaintes continues.
Que nostre triste cœur
N'enferme que langueur,
Soit la tristesse amere
Son hostesse ordinaire.
Iamais le beau Soleil
Ne nous luise vermeil,
Ains que tousiours sa lampe
En tenebres il trempe.
L'obscurité des nuits
Est propre à nos ennuis,
Nos importuns encombres
Se plaisent aux nuicts sombres
Or te vueillent les Dieux
Conduire aux sacrez lieux,
Où les ames piteuses
Reposent bien-heureuses.
Et là t'aillent payer
Le merité loyer
De ton cœur debonnaire
Vers le corps de ton frere.

Hemon.

Vous auez donc, cruel, mes amours violé,
Vous m'auez, outrageux, de mon ame volé,
Vous m'auez arraché le cœur, le sang, la vie,
M'ayant par vos rigueurs rauy ma chere amie!
Vn Tigre Hyrcanien si felon n'eust esté,
Vn Sarmate, vn Tartare, eust plus d'humanité.

Emmurer vne vierge en vne roche dure!
Vne fille de Roy, mon espouse future!
Vostre niepce, cruel, que vous deußiez cherir
Ainsi que vostre fille, & la faites mourir!
Vous la faites mourir sans estre crimineuse!
Son crime & son offense est d'estre vertueuse.
O bourrelle nature! ô trop barbare cœur,
Des Ours & des Lions surpassant la rigueur!
Au moins si vous l'eußiez sur le champ esgorgee,
Sans la faire mourir d'vne faim enragee:
Vous n'estiez pas soulé d'vn supplice commun,
Il vous falloit monstrer plus cruel qu'vn chacun.
Les rayons de ses yeux, la douceur de sa face,
N'ont peu de vostre cœur rompre la dure glace.
Vrayment il est rempli d'extreme cruauté,
Puis qu'il a peu blesser cette extreme beauté:
Beauté qui à l'amour eust vne roche esmeue,
Si vne roche fust de sentiment pourueue.
Las que i'aye sa peine! & si ce n'est assez,
Qu'on prenne des tyrans les tourments amassez,
Et qu'on me les applique: en toute patience
On me verra souffrir leur dure violence.
Außi bien si ie vis elle ne mourra pas,
Ou commun à nous deux nous sera son trespas.
Ie rompray la cauerne, & si aucun s'oppose
Et s'efforce empescher qu'elle ne soit desclose,
Ie luy feray sentir que c'est temerité
De vouloir contredire vn amant irrité.
Mon ame est elle moins de son amour esprise,
Que d'Andromede fut le preux nepueu d'Acrise?
Qui le monstre marin mort à terre rua,
Et destacha la vierge apres qu'il le tua.

Mon ame est plus d'amour que la sienne eschauffee,
Et Antigone vainq la fille de Cephee
En pudique beauté : i'ay donc le cœur moins fort,
Si ie ne la deliure & garantis de mort.
Mais trop long temps ie tarde, & ce pendant, peut estre,
Que d'inutiles pleurs ie me viens icy paistre,
La pauurette pourra s'estre ouuerte le sein
De quelque fer plustost que d'attendre la faim:
Ou bien par faute d'air trespasser suffoquee,
Ou se briser la teste encontre vn roc choquee.
Il ne faut dilayer de crainte d'accident.
Car mon secret destin est du sien dependant.
Ie m'estimois heureux qu'elle me fust donnee,
Pour deuoir celebrer vn heureux hymenee:
Mais si le ciel n'aspire à mes louables vœux,
Nous irons espouser en l'Acheron larueux.
Ce que n'auienne, ô Dieux ! ains permettez de grace
Que ie l'oste auiourdhuy de sa cauerne basse.

Chœur.

« *O Rigoureux Amour,*
« *Dont la fleche poignante*
« *Sans repos, nuict & iour*
« *Toutes ames tourmente.*
« *Tu dontes glorieux*
« *Les hommes & les Dieux.*
« *Nul ne se peut garder*
« *Que ta main enfantine*
« *Ne le vienne darder*
« *A trauers la poitrine.*
« *Car contre ton effort*
« *Il n'est rien qui soit fort.*

« Les Monarques si craints,
« Les Rois porte-couronnes,
« Sont aussi tost atteints
« Que les simples personnes:
« Voire que tu te prens
« Plus volontiers aux grands.
« Iupiter, qui des Dieux
« Est le maistre & le pere,
« Qui la terre & les cieux
« Et les ondes tempere,
« Sent ce douillet enfant
« De son cœur trionfant.
« Le foudre petillant
« Dans sa main rougissante,
« Ny son œil sourcillant,
« Qui le ciel espouuante,
« Ne le defend du tret
« De cet Archer segret.
« Aux Enfers il descend,
« Et dans l'ame cruelle
« De Pluton se glissant,
« Y laisse vne estincelle,
« Qui n'a tourment egal
« Dans le creux infernal.
« Il donte sous les eaux
« Les troupes escaillees,
« Il naure les Oyseaux
« Aux plumes esmaillees,
« Les plaines & les bois
« Sont sugets à ses loix.
« Les peuples des forests,
« Les priuez, les sauuages,

« Des tertres, des marez,
« Des valons, des bocages,
« Des champs & des maisons,
« Sont ards de ses tisons.
« Mais nous sommes sur tous,
« Humaines creatures,
« La butte de ses coups
« Et de ses fleches dures:
« Nous allons plus souuent
« Ses flammes esprouuant.
« Il niche dans les yeux
« D'vne tendre pucelle,
« Sur son front gracieux,
« Sur sa gorgette belle,
« Ou ses cheueux retorts,
« D'où se font mille morts.
« Mais las ! c'est grand pitié,
« Que celuy, qu'il outrage
« D'vne forte amitié,
« Sent vne telle rage,
« Qu'il ne repose point
« Tant que ce mal le poind.
« Il ne songe transi
« Qu'à la beauté qu'il aime,
« Il n'a plus de souci
« De sa personne mesme,
« Le paternel deuoir
« Luy vient à nonchaloir.
« Il change tout d'humeurs,
« De naturel il change,
« Il prend d'estranges mœurs
« Sous ce tyran estrange:

L'anciennne douceur
Desempare son cœur.
Hemon voyons-nous pas
Iadis si debonnaire,
Deuenu coutumax
Au vouloir de son pere,
Depuis que cet amour
A faict en luy seiour?
Il ne peut consentir
Qu'on outrage sa Dame,
Il aime mieux sentir
La mort dedans son ame:
Ie crains que sa douleur
Nous cause du malheur.

ACTE V.

Le Messager. Le Chœur. Eurydice.
Creon. Dorothee.

Mess.

" *COmme* Fortune *escroule, esbranle & bouleuerse*
" *Les affaires humains poussez à la renuerse!*
" *Comme elle brouille tout, & de nous se iouant*
" *Va sans dessus dessous toutes choses rouant!*
" *Sur les fresles grandeurs superbe elle se roule,*
" *Puis soudain les releue, en retournant sa boule,*
Et si nul des mortels ne preuoit son destin.
Voyla le vieil Creon, *si heureux ce matin,*
Malheureux à cette heure. Il estoit sans attente,
Sans espoir, eleu Roy *d'vne ville puissante.*

Il a nos ennemis presentement chassez,
Que Polynice auoit contre nous amassez:
Ores le malencontre en sa maison deuale,
Qui ce nouueau bonheur de tristesses esgale.
« Car qui a du martyre en son entendement,
« Bien qu'il soit vn grand Roy, ne vit heureusement.
« Vous auez beau couurir de haras les montagnes,
« Et de troupeaux laineux les herbeuses campagnes,
« Auoir l'or qui iaunist sur le riuage mol
« Du Lydien Pactole, ou du Tage Hespagnol,
« Estre de cent citez & de cent peuples maistre,
« Voire entre tous les Roys vn Monarque apparoistre:
« Que si dans vostre esprit n'auez contentement
« Vostre felicité ne sera qu'vn tourment.
Ch. Quel sanglant infortune encores nous tourmente?
Mess. La Fortune nous bat plus que iamais sanglante.
Ch. Nous est-il suruenu de nouueaux accidens?
Mess. Tout est plein de soupirs & de pleurs là dedans.
Ch. Est-ce dans le chasteau que tombe cet esclandre?
Mess. Sur le chef de Creon vient ce malheur descendre.
Ch. De Creon? quel malheur en son âge chenu?
Mess. C'est par luy, le chetif, que tout est aduenu.
Ch. Et qu'est-ce? di nous tost, sans nous tenir en trance.
Mess. Ils sont tout roides morts par son outrecuidance.
Ch. Iupiter! qui sont-ils? qui a ce meurtre fait?
Mess. Hemon le pauure Hemon s'est luymesme desfait.
Ch. Et pourquoy? qui l'a meu? le courroux de son pere?
Mess. Il est mort forcené d'amour & de colere.
Ch. De l'amour d'Antigone il estoit esperdu.
Mess. D'Antigone l'amour & la mort l'ont perdu.
Ch. De cette pauure vierge esteinte est donc la vie.
Mess. Sa mort est de la mort de son Hemon suiuie.

Ch. Mais i'entreuoy ce semble Eurydice qui sort:
Auroit-elle entendu nouuelles de sa mort?
Ou bien si par Fortune elle seroit sortie?
Eur. O Thebains mes amis, ie me suis diuertie
Du seruice des Dieux, pour vn bruit effroyant,
Qui sortant du chasteau m'a troublee en l'oyant.
I'allois au sacré temple, où Pallas on adore,
Et à peine en la rue estoy-ie entree encore,
Quand i'entens la rumeur du peuple espouuanté,
Qui bruyoit tristement de quelque aduersité
De la maison Royale : à cette voix ouie,
Espointe de frayeur ie tombe esuanouie.
Mes Femmes, m'embrassant, me leuent comme vn faix,
Et me couurant le front me portent au palais:
Où peu apres estant d'ecstase reuenue,
Et de ce fascheux bruit m'estant ressouuenue,
Ie sors pleine d'ennuis, ardente de sçauoir
Quel infortune c'est, ce qu'il y peut auoir.
La poitrine me bat, le sang au cœur me glace,
Vne froide sueur me destrempe la face,
La force me defaut, mon bras n'a plus de poulx,
Et sous mon foible corps tremblotent mes genoux.
Ie presage vn grand mal : car cette matinee
L'Orfraye a sur nos tours sa foible voix trainee
En longs gemissemens : i'ay veu dessur nos lits
Mille taches de sang, & dessur mes habits.
I'ay depuis estimé, que ce fussent presages
Du meurtre des deux Roys, & des autres carnages
De nos bons citoyens, qui sont auiourdhuy morts,
Repoussant vaillamment les Argiues efforts:
Mais ores ie voy bien que ce signe demonstre
Que sur nos propres chefs aduiendra malencontre,

Par le visage morne & les pleurs que ie voy
Du peuple, qui me suit & lamente sur moy.
Ie l'entens murmurer de quelque horrible chose,
De quelque grand mechef, dont m'aduertir on n'ose.
Si le faut-il sçauoir. Dites moy ie vous pry,
De quel malheur prouient ce lamentable cry?
Dites-le hardiment : ie ne suis apprentiue
A porter des ennuis, sans fin il m'en arriue.

Mess. Ie vous conteray tout, Madame : car dequoy
Peut seruir qu'on vous taise vn si lugubre esmoy?
L'on ne le peut celer encores qu'on y tasche,
Vous le sçaurez tousiours combien qu'on vous le cache:
Et le sçachant demain vous n'aurez moins d'ennuy,
Que vous en receurez le sçachant auiourdhuy.

Eur. Tu me tiens trop long temps, depesche ie te prie.

Mess. La fureur de Creon luy estoit desaprie
Par le conseil des siens, qui donnerent aduis
Que fussent des grands Dieux les oracles suiuis
Qu'annonçoit Tiresie, & qu'vn funebre office
Lon fist soudainement au corps de Polynice.
Nous allions attristez par des chemins tortus,
De cauerneux rochers doublement reuestus:
Pource que la campagne est encore encombree
De grands monceaux de corps, & de sang empourpree.
Puis descendus au lieu funeste aux deux Germains,
Trouuons ce pauure Prince estendu sur les reins,
Tout saigneux, tout poudreux, que nous leuons de terre,
Et le portons lauer sur vne large pierre.
Apres qu'il fut par nous de pure eau nettoyé,
Et de linge odorant souefuement essuyé,
Nous inuoquons Hecate en trois noms reclamee,
Le tenebreux Pluton, & sa cohorte aimee,

En les propitiant, de peur que leur courroux
Pour se voir mespriser ne s'esclatast sur nous.
Nous entamons le sein de nostre antique mere,
Luy creusons vn tombeau, sa maison solitaire,
Et couuert d'vn linceuil, le descendons dedans,
Espandans mains soupirs, maintes pleurs espandans.
Quand tout fut acheué, nous retournons arriere,
Marchant d'vn pas legier vers la sombre taniere
De la bonne Antigone, à fin de l'en tirer,
Ne la voulant Creon plus long temps martyrer.
Nous n'allons gueres loing qu'vne voix lamentable
Nous entendons sortir de la roche execrable:
Le Roy s'en trouble tout, deuient palle, & ne peut
Proferer vn seul mot tant son ame s'esmeut.
Il auance le pas, il begaye, & demontre
Par ses gestes diuers qui'l craint du malencontre.
Nous haste d'approcher de cet antre pierreux,
Luy mesme y court soudain, s'appelle malheureux,
Gemist, souspire, pleure, & ses gourdes mains rue
Sur ses cheueux grisons & sa barbe chenue.
Ah (dit-il) miserable! ah c'est d'Hemon le cry!
Allez, courez, volez, secourez, ie vous pry,
Vous n'y serez à temps, brossez dans ce bocage,
Et à course donnez dedans l'antre sauuage.
Sauuez moy mon enfant, mon enfant sauuez moy,
Mon Hemon, las! c'est luy, c'est luy-mesme que i'oy,
C'est sa voix, ie l'entens. Lors chacun s'euertue,
Chacun court, chacun poste à la roche mossue:
L'vn veut deuancer l'autre, & l'honneur acquerir
D'estre entré le premier pour Hemon secourir.
De cet antre approchez, nous trouuons la closture
Auoir esté brisee en capable ouuerture:

Nous descendons dedans, & descouurant par tout
Nous voyons Antigone en vn recoin au bout
Couchee à la renuerse, ayant la gorge ceinte
De ses liens de teste, en mille nœuds estreinte:
Et son Hemon auprez, qui pleurant l'embrassoit,
Et sa mort lamentant sur elle gemissoit:
Nommoit les Dieux cruels & la Parque cruelle,
Maudissoit, detestoit la rigueur paternelle,
Se destordoit les bras, la pucelle appelloit,
Et bien qu'elle fust morte auec elle parloit,
La nommoit sa maistresse, & sa vie, & son ame,
Se disoit malheureux en vne chaste flame.
Außi tost vient Creon, qui l'ayant apperceu
Tire de grands sanglots, iusque aux poumons esmeu:
Et comme fanatique, auec vne voix morte,
Tremblant & haletant luy dist en cette sorte.
Que faites-vous mon fils? pourquoy vous perdez-vous?
Reuenez mon amy, laschez vostre courroux,
Pardonnez moy ma faute, humble ie vous en prie,
Pardonnez moy, mon cœur, pardonnez moy, ma vie:
Vueillez moy, ie vous pry, mon erreur pardonner,
I'en porteray tel mal que voudrez m'ordonner.
Mais luy le regardant d'vne œillade farouche,
Le guignant de trauers à ces propos rebouche:
Deuient plus furieux, & sans respondre mot,
De ses entrailles pousse vn souspireux sanglot,
Et au mesme moment il saque au cimeterre:
Dont Creon effroyé se retire grand' erre,
Sortant de la cauerne, & luy tout coleré
Se donne dans les flancs du coutelas tiré.
Eur. Hà qu'est-ce que i'entens! qu'est-ce que i'oy dolente!
Ch. Elle s'en va troublee ainsi qu'vne Bacchante

Au haut de Cithéron, qui, pleine de fureur,
Va celebrant le Dieu des Indes conquereur.
Acheue Messager ce discours lamentable.
Mess. Si tost qu'il eut l'espee en son flanc miserable,
Il tomba sur la Vierge & de sang l'arrosa,
Dist le dernier adieu, puis ses leures baisa:
La face luy blesmist, les iambes luy roidirent,
Sa vie & son amour dedans l'air se perdirent.
Ch. O couple infortuné de fidelles Amans,
Indigne de souffrir si funebres tourments!
De leur mortel Hymen les torches nuptiales
Les Dires vont esteindre aux ondes Stygiales.
Or reposez enfans en eternelle paix,
Et vos douces amours conseruez à iamais.
Mais d'où vient que la Royne est si tost retournee
Quand elle a sceu d'Hemon la dure destinee,
Sans faire aucuns regrets, sans auoir lamenté,
Sentant d'vn si grand dueil son cœur accrauanté?
Mess. Ie m'en estonne bien, mais toutesfois i'estime
Qu'elle à voulu presser la douleur qui la lime,
Et ne la declarer en public deuant tous:
Mais qu'elle vomira son dueil & son courroux
Libre dans le chasteau sans que ses pleurs on voye.
« Celuy larmoye seul qui de bon cœur larmoye.
Autrement, ie ne croy qu'il puisse auoir danger,
Que par trop de douleur elle s'aille outrager:
Elle est trop retenue, & a trop de prudence.
Ch. Certes ie n'en sçay rien, mais ce triste silence
Me semble presagir incurables malheurs:
Combien qu'en vn vray dueil vaines sont les clameurs.
Mess. Entrons dedans la ville, on pourra nous apprendre
Si le courroux la fait sur sa vie entreprendre.

Ch. Allons : mais voyla pas Creon l'infortuné?
Mess. C'est luymesme, c'est luy, le vieillard obstiné.
Ch. Il fait porter vn mort sur lequel il lamente.
Mess. C'est Hemon, retiré de la caue relante.
Ch. Il est causé tout seul d'vn si cruel mechef,
Mais ie crains qu'il ne tombe à d'autre sur le chef.
Cr. O trois & quatre fois malheureuse ma vie!
O vieillesse chagrine au desastre asseruie!
O crime detestable ! ô monstrueux forfait!
I'ay par ma cruauté mon cher enfant desfait!
Hà bourreau de mon sang ! vne Tigre sauuage
Ne traitte ainsi les siens, que moy mon parentage.
Ie me nourris de meurtre, & encores ma faim
Ne se peut amortir d'vn carnage inhumain.
Ie guerroye les morts, ma fureur insensee
S'est apres le trespas sur les miens elancee.
I'ay voulu Polynice aux corbeaux liurer mort
Et aux Loups charoigniers, non content de sa mort.
Pour vn piteux office, & qui merite gloire,
I'ay enclose Antigone en vne caue noire:
I'ay viue enseuely la fille de ma sœur,
Et de mon propre fils ie suis le meurtrisseur.
Ch. Trop tard vous cognoissez vostre incurable offense,
Vaines y sont les pleurs, vaine la repentance,
Pour neant vous iettez ces lamentables cris:
« De ce qui est ia faict le conseil en est pris.
« Dieu mesme ne sçauroit, bien que tout il modere,
« Faire qu'vn œuure faict soit encores à faire.
Cr. Helas ie le sçay bien à mon grand deconfort!
Incurable est ma peine, incurable mon tort.
Helas ! que ma vieillesse est de malheurs chargee!
Que mon ame a d'angoisse, & qu'elle est affligee!

Do. O Creon esploré, les meurtres à foison
Viennent de plus en plus combler vostre maison.
Cr. Que me peut-il rester de chose miserable,
Que ne m'ait fait sentir la fortune muable?
Do. La Royne s'est tuee, & de son rouge sang
Sa chambre est ondoyante, & semble d'vn estang.
Cr. O cruel Acheron aux implacables gouffres,
Qui dans tes flancs ouuerts toutes choses engoufres,
Pourquoy me viens tu perdre, estant ia si perdu?
Que ne suis-ie plustost dans l'Orque descendu,
Ains qu'emplir ma maison de sang & de carnage,
Que pousser deuant moy mon malheureux mesnage?
Hà pauure infortuné, pauure Roy, Roy chetif,
Que ce bandeau royal est vn heur deceptif!
Si tost ie ne l'ay pris, qu'vne horrible tempeste
D'esclandres desastreux m'a bourrelé la teste.
Mon Eurydice est morte! hà mechant c'est par moy!
D'autre que de moy seul me plaindre ie ne doy.
Par moy ma niepce est morte en vn louable office,
Par elle mon Hemon, par Hemon Eurydice.
Ainsi de tant de morts ie suis cause tout seul,
Et seul aussi i'en porte & la coulpe & le deul.
Mon Eurydice est morte, Eurydice mon ame!
O sanguinaire espoux, ô desastreuse Dame!
Allons, courons la voir. Do. Ne vous hastez ia tant,
Vous ne ranimerez sa vie en vous hastant.
Trop tost à vostre dam vous verrez la pauurette
Preste à faire descente en la tombe muette.
Cr. Hé bons Dieux que feray-ie? est-il calamité
Qu'apparier ie puisse à mon aduersité?
Que me peut-il rester? que reste à ma vieillesse,
Qu'elle ne soit confitte en extreme destresse?

I'ay meurtry mon enfant que ie tiens en mes bras,
Et ma loyale espouse ay conduit au trespas.
Hà mere trop piteuse! hà fils trop debonnaire!
O moy source du mal, obstinément seuere!
O trop cruel Destin! cruel sort, estoüffant
Par mon austerité, niepce, femme, & enfant!

DO. *Elle est morte soudain, sur l'autel renuersee,*
D'vn poignard outrageux l'estomac trauersee.
Mais deuant que vomir sa triste ame dehors,
Les deux yeux entre-ouuerts ternissant par les bords,
Le visage desteint de sa rose premiere,
A son antique espoux a faict dure priere,
Ses Manes contre vous par trois fois implorant,
Et toutes les Fureurs des Enfers adiurant
Pour venger dessur vous au creux Acherontide,
De cent & cent tourmens ce double parricide.

CR. *O pauure, ô miserable! helas ie tremble au cœur!*
Ie sens mon sang glacer d'vne mortelle peur.
Que quelcun ne me vient d'vne trenchante espee
Pour fendre la poitrine, ou la gorge frapee?
Arrachez-moy d'icy, iettez moy quelque part,
Où ie puisse plorer dans vn roc à l'escart.
Ie suis semblable à ceux que le sepulcre enserre,
Tant l'ennuy, tant le mal mortellement m'atterre.
Vienne vienne la Mort au seuere sourcy,
Vienne la Mort terrible, & m'arrache d'icy.
Que ce iour le dernier de mes iours apparoisse,
Ce iour face noyer mon crime & mon angoisse
Au fond de l'Acheron, non pas mon crime helas!
Car il faut qu'auec moy ie le porte là bas,
Et le monstre à Minos, pour receuoir la peine
Que merite l'aigreur de mon ame inhumaine.

Ch. Laissez-là ces regrets, cet inutile dueil,
Et faites que leurs corps on enferme au cercueil,
Cr. Ie ne te puis lascher, ma tendre geniture,
Pour inhumé te mettre en digne sepulture,
Bien que ie t'aye occis par ma seuerité,
Contre ton saint amour follement irrité:
Ny vous ma chere espouse : helas ce mesme esclandre
Et ce mesme forfait vient vostre sang espandre!
Mere vous n'auez peu, trop outragee au cœur,
Suruiure à vostre enfant meurtry par ma rigueur:
Et moy meurtrier ie vy, Clothon mes iours déuide,
Qui suis espoux, & oncle, & pere paricide.
Où mes yeux tourneray-ie? en quel lieu, malheureux,
Me doy-ie retirer pour n'estre langoureux?
Tu vois, pauure Creon, quelque part que tu ailles
Des meurtres impiteux, tu vois des funerailles.
De son glaiue abbatu ton enfant gist icy,
Occise en ta maison ta femme gist außi:
Tout regorge de pleurs, de regrets & de plaintes,
Par la Fortune sont tes liesses esteintes.
O rigoureux Destin, qu'on ne peut euiter!
O grands Dieux immortels ! ô pere Iupiter!
Terminez, ie vous pry', ma douleur & ma vie,
D'Eurydice la mort soit de ma mort suiuie.
" Ch. Vos pertes, vos malheurs, que vous auez soufferts
" Procedent du mespris du grand Dieu des Enfers:
" Il le faut honorer, & tousiours auoir cure
" De ne priuer aucun du droit de sepulture.

FIN.

www.ingramcontent.com/pod-product-compliance
Lightning Source LLC
LaVergne TN
LVHW012025220826
846092LV00001B/492